권왕의
레이드

권왕의
레이드 4

초판 1쇄 인쇄일 2016년 8월 24일 ㅣ **초판 1쇄 발행일** 2016년 8월 27일

지은이 장쯔 ㅣ **펴낸이** 곽중열 ㅣ **담당편집 팀장** 이범수
편집부 신연제 이윤아 홍현주 김유진 임지혜

펴낸곳 (주)조은세상 ㅣ 출판등록 제 2002-23호
주소 경기도 연천군 미산면 청정로 1355
TEL 편집부 02)587-2966 ㅣ FAX 02)587-2922
e-mail bukdu@comics21c.co.kr

장쯔 ⓒ 2016
ISBN 979-11-5832-639-5 ㅣ ISBN 979-11-5832-593-0(set) ㅣ 값 8,000원

귀왕의 레이드

NEO MODERN FANTASY STORY & ADVENTURE

장쯔 현대 판타지 장편소설

북두
(주)조은세상

CONTENTS

24. S급 몬스터 (2)

24. S급 몬스터(2)

엄청난 폭격의 충격이 가시자 지후는 손을 휘저어 흙먼지를 걷어냈다.

흙먼지가 걷히자 뿌옇던 배경은 선명해졌다.

엄청난 폭격에도 불구하고 3분의 1정도의 몬스터는 살아남았고 오크주술사나 트롤주술사들이 치료를 하고 있었다.

"마정석 미사일속에서 저렇게 많이 살아남다니…."

라이언 대령의 혼잣말이었지만 그 사실은 지후나 간부급의 귀에 하고 있는 무전기를 통해 전달됐다.

"저 정도면 이제 충분히 군인이나 헌터들이 상대할 수 있을 것 같은데? 그리고 그렇게 넋 놓고 있지 말고 지금이라도 폭격하지? 폭격을 뚫고 오는 것만 헌터들이 상대해도 충분할 것 같은데?"

지후의 말에 다급하게 공격을 명하는 라이언 대령이었고 다시 탱크와 장갑차, 전투기와 헬기에서는 불꽃을 뿜어냈다.

그 순간 지후는 갑작스런 살기를 느꼈고 그 살기의 방향을 바라봤다.

보스몬스터가 하늘을 향해 검을 휘두르기 시작했다.

보스몬스터의 검에선 빛이 쏘아져 나갔고 헬기와 전투기들은 공중에서 회피하거나 탈출할 틈도 없이 폭발을 하고 있었다.

쿠워워어!

그 순간 몬스터들이 흉성을 내지르며 전선을 향해 달려오고 있었다.

쉬지 않고 뿜어내는 탱크와 장갑차의 불꽃이 무색하게 몬스터들을 완벽하게 사냥할 수 없었고 보스몬스터가 나서자 기세가 살아난 몬스터들은 흉흉한 눈빛을 띄며 모두 씹어 먹겠다는 기세로 헌터들을 향해 달려오고 있었다.

지후도 바로 양 손에 권강을 두르며 달려 나갔고 단숨에 몬스터들에게 향했다.

아이러니하게도 몬스터들은 지후를 무시하고 지나치며 군과 헌터들에게 향했다.

이상함을 느낀 그 순간 지후는 지척으로 다가온 섬뜩한 기운을 느낄 수 있었다.

바로 그 기운이 느껴지는 곳으로 주먹을 휘둘렀고 그 기운이 느껴지던 곳엔 보스몬스터가 지후를 향해 검을 휘두르고 있었다.

보스몬스터의 검에선 검강이 뿜어져 나왔고 지후의 권강과 부딪치자 엄청난 빛과 충격파를 일으켰다.

콰아앙!

지후는 갑자기 나타난 보스몬스터의 검강과 부딪치자 약간의 내상을 입으며 10걸음 정도 뒷걸음을 치며 밀려났다.

'세다. 절대로 나보다 약하지 않아.'

단 한 번의 접전이었지만 상대의 수준을 짐작하기에는 충분했고 지후는 진심으로 긴장을 하기 시작했다.

가벼운 마음으로 오마바의 부탁을 수락한 게 실수였다는 생각이 드는 지후였다.

"제법이군. 이 차원에도 너 정도의 생명체가 있다니 놀랍군."

지후는 귓가에 들려오는 이질적인 목소리에 등골이 오싹했다.

정말 오랜만에 느껴보는. 아니 돌아와서는 처음 느껴보는 오싹함이었다.

'그동안 보스몬스터들이 지휘를 하는 걸로 봐서 지능이 있을 거라곤 생각했지만 대화가 통할 줄이야.'

"너 말도 하냐?"

"건방지군. 난 위대한 마계의 백자이자 차원의 파수꾼인 카이온이다. 인간 너의 이름은 뭐지?"

"이지후."

"후후후. 이지후. 이지후라. 정말 의외로군. 이런 차원에 너 정도의 강자가 있다니. 그런데 정말 이상하단 말이지."

'이 차원에는 파괴자가 와 있을 텐데. 그래서 내 차례는 오지 않을 줄 알았는데 말이야. 하긴 그에겐 악취미가 있지. 그가 아직 나서지 않았다면 나도 눈앞의 벌레들만 치워버리고 조용히 지내야겠군. 그를 좋아하진 않지만 엄연히 나보다 격이 높은 존재이니. 괜히 그의 화를 살 필요는 없지.'

"무슨 말을 하는 거지? 뭐가 이상하단 거야?!"

"혼잣말이니 몰라도 된다."

"너희는 대체 뭐지? 왜 갑자기 던전이 나타나고 우리를 공격하는 거지? 너희는 우주인인가? 마계라는 곳에서 이곳으로 공격을 하는 것인가?"

"하하하하하. 정말 재밌어. 정말 아무것도 모르는군. 하긴 아직은 알 수 없겠어. 뭐 말해선 안 되는 것도 아니니 적당히 알려주지. 달라질 건 없으니까. 난 너희들의 차원을 멸망시키고 너희를 노예로 쓰기 위해 차원을 넘어온 파수꾼이다."

"파수꾼이 뭐지? 파수꾼이란 원래 지키는 게 목적이 아닌가?"

"지킬 게 없으니 공격을 해야지."

'대체 뭔 소리를 하는 거야. 알려줄 거면 좀 제대로 알려주던가.'

"S급은 모두 마족인가? 마계라는 곳에서 지구에 쳐들어온 거냐?"

"허…. 이제 보니 내가 처음으로 만난 대화가 통하는 상대였던 거냐? 자존심 상하는군. 내가 처음이라니… S급이라… 너희들의 차원에선 우리를 그렇게 부르더군. 뭐 어떻게 부르건 그건 자유겠지."

"헛소리 그만하고! 마곈가 뭔가에서 쳐들어 온 건가? 너희들은 모두 마족이고?"

"딱히 대답해 줄 이유는 없는데. 나도 너라는 존재의 호기심에 이만큼 알려주긴 했지만 딱 이정도지. 마지막으로 대답해주지. 마족도 있고 아닌 경우도 있다."

"그럼 너희는 왜 우리를 공격하는 거지?"

"너는 알 자격이 없다. 자격이 된다면 알게 될 일. 하지만 불가능해 보이는군. 자격을 갖추기엔 너희는 너무 약하다!"

순간 카이온의 검에선 검은 검강이 일어났고 지후를 향해 찔러 왔다.

쉐에엑!

다급하게 피한 지후는 바로 반격을 가했지만 지후의 주먹은 검면에 막혔고 바로 카이온의 이어진 공격에 얼굴을 내줘야 했다.

지후는 바로 고개를 틀어 충격을 최소화 했지만 골이 울릴 정도로 엄청난 파괴력이었다.

비틀대던 지후는 바로 들어오는 검강을 피하느라 굴욕적이게도 바닥을 굴렀다.

그동안 연기를 하면서 맞아준 것 말고는 무림이 아닌 곳에서 진짜로 공격을 허용한 건 오늘이 처음이었기에 지후는 굴욕감을 느끼고 있었다.

'괜히 남의 나라 일에 나서가지고…. 어차피 부딪혔겠지만… 내가 현경에 올랐다면… 하긴 현경에 오르는 게 수련만으로 되는 것도 아니지….'

지후는 속으로 궁시렁 거리며 카이온의 검을 피하고 있었다.

지후는 피하기만 해선 답이 없다는 생각에 카이온의 품으로 파고들며 접근전을 펼치기 시작했다.

머리를 향해 내려치는 검을 앞으로 땅을 짚으며 피하며 양다리로 올려 찼다.

퍽!

카이온의 턱이 살짝 들리며 지후의 첫 공격이 들어갔지만 카이온은 냉소를 지으며 사선으로 검을 베었다.

지후는 허리를 최대한 젖히며 검을 피했지만 지후의 옷자락은 베어지고 말았다.

"쥐새끼처럼 잘도 피하는군."

카이온은 비웃음 가득한 톤으로 지후를 무시하며 계속

권왕의
레이드 4

검을 휘둘렀다.

　지후와 카이온은 난타전을 펼쳤고 간간히 지후의 공격이 들어갔지만 피해는 지후가 훨씬 컸다.

　지후의 상의는 넝마가 되어있었고 지후의 피로 붉게 물들어 있었다.

　반면 지후에게 몇 번의 공격을 허용한 카이온의 모습은 처음과 별 차이가 없었다.

　'젠장. 웨이브가 터졌다고 S급이 아니라 S+의 힘을 내다니. 저 자식은 현경초입의 힘이야. 지금의 내가 화경의 끝자락이고 저자식이 현경초입이라고 해도 내가 비벼볼 상대가 아니야. 이 한 끗 차이가 하늘과 땅차인데…. 절정과 초절정처럼 어쩌다 운에 맡겨서 이길 수 있는 상대가 아니야. 저 자식은 나만큼이나 아니 나 이상으로 많은 전투를 치렀어. 저런 군더더기 없는 실전에 최적화된 검술은 오롯이 경험이야.'

　지후는 헐떡거리며 숨을 몰아쉬면서 이길 수 있을 방법을 생각했지만 아무리 생각해도 답은 나오지 않았고 점점 굴욕과 치욕스러움이 밀려와 몸을 부르르 떨고 있었다.

　'결국 생각한 게 도망갈 생각이라니….'

　지후는 뒤를 돌아봤고 한참 몬스터들과 전투를 하고 있는 헌터들과 군이 보였다.

　그리고 열심히 싸우고 있는 세 사람이 눈에 들어오자 괜히 화가 났다.

나름 제자라고 볼 수도 있는 세 사람 앞에서 이런 굴욕적인 생각을 하고 있다는 게 지후의 높은 자존심으로선 받아들이기 힘들어 으드득 이를 갈며 주먹을 꽉 움켜쥐고 있었다.

지후는 팔찌에 있는 내공을 흡수하며 다시 전신으로 내공을 개방하며 마음을 다시 먹었다.

온몸의 솜털들이 모두 일어나는 기분과 전신을 옥죄어 오는 살기에 지후는 미소를 짓고 있었다.

'그동안 싸웠던 몬스터들이랑은 차원이 달라. 무림에서는 항상 이렇게 치열했었는데. 좋아 이 전투의 긴장감. 정말 오랜만이야.'

잊고 지냈던 오랜만에 느껴지는 이 긴장감에 몸을 맡기며 지후는 달려 나갔다.

다시 지후와 카이온의 접전은 시작됐고 지후는 아까보다 더욱 공격 한번 한 번에 심혈을 기울였다.

콰앙! 쾅쾅쾅! 콰아앙!

지후와 카이온의 접전이 일어날 때마다 땅은 갈라지며 튀어 오르고 있었고 그 폭음소리에 몬스터들과 싸우고 있는 헌터들의 소리는 묻히고 있었다.

'천왕삼권. 제 일 식.'

"파천."

지후의 주먹에 황금빛 강기가 소용돌이치며 카이온에게 향했다.

황금빛 소용돌이는 카이온 뿐만이 아니라 모든 걸 삼켜버릴 기세로 카이온을 향해 쏘아져 나갔다.

   "흐아아압!"

   하지만 카이온은 기합을 내지르며 지후의 공격을 갈라버리며 상쇄시켜버렸다.

   '그래. 그 정도는 돼야 현경이지. 확실히 현경을 흉내 내는 기술로는 현경에 오른 놈에게 먹히지 않는다는 건가. 이것도 막아봐라! 지금 내가 할 수 있는 최고의 기술이다. 천왕삼권 제 이식!'

   "천지개벼억!"

   지후는 기합을 넣으며 이형환위로 카이온의 앞에 나타나 카이온을 향해 반대쪽 주먹을 내질렀다.

   카이온은 지후의 주먹이 자신의 얼굴로 날아 올 거라 생각하고 검 면으로 얼굴을 가렸지만 지후의 주먹은 궤도를 틀어 카이온이 딛고 있는 다리 사이의 땅을 내리쳤고 그 순간 카이온이 서있던 자리는 진공상태에 빠지며 카이온의 근육을 뒤틀어 놓고 있었다.

   카이온의 비명이 천지를 강타했다.

   엄청난 빛 속에 하늘과 땅은 하나가 된 듯이 빛의 기둥이 생겨났고 그 기둥이 있던 곳에는 아무것도 남아있지 않았어야 했지만 빛이 사라지자 그 자리에는 카이온이 있었다.

   카이온의 갑옷은 군데군데 균열이 가있었고 카이온은 검을 지팡이 삼아 몸을 지탱하고 있었다.

지후는 자신의 모든 걸 내보일 수 있는 강자와의 전투에 쾌감을 느끼며 희열에 휩싸여 있었지만 상황은 좋지 않았다.

자신이 할 수 있는 모든 걸 했지만 카이온은 살아있었기 때문이다.

'천지개벽에서 살아남을 줄이야. 마족의 육체는 우리랑은 다른 건가….'

지후의 팔찌에 몇 달간 모아놓은 내공도 계속된 전투로 이제는 바닥이 났다.

평소 내공의 5할 정도만이 지금 지후의 몸에 남아있었기에 지후는 전신으로 땀이 비가 오듯 흘러 내렸고 할 수 있는 건 다 해봤지만 적은 살아남았기에 한숨만이 나왔다.

"이 버러지 같은 자식이… 감히 마계의 백작이자 차원의 파수꾼인 이 카이온님에게 상처를 입혀! 네놈은 곱게 죽을 생각은 버리는 게 좋을 거야!"

순식간에 카이온의 상처는 재생되고 있었고 카이온은 이를 갈며 흉성을 토해내고 있었다.

어느새 몬스터들과의 전투는 끝이 났는지 모두 지후와 카이온의 전투를 지켜보고 있었다.

지후의 능력도 그동안 알고 있던 것과는 전혀 달랐고 경악할 만 했지만 그 공격에 살아남은 카이온을 보며 지켜보던 모든 사람들의 몸에 소름이 돋고 있었다.

다들 전투를 하느라 그동안의 과정은 보지 못했다.

1시간가량을 지후와 카이온이 전투를 벌였지만 다들 자신의 전투에 집중하느라 그들의 접전을 보지 못했다.

본거라곤 지후가 천왕삼권의 일식과 이식을 사용하는 모습 뿐.

일방적으로 지후가 공격하는 모습을 보이고 카이온이 막아내는 모습이었다.

하지만 지금 아무리 봐도 지후의 상태가 훨씬 안 좋아 보였고 카이온은 기세등등해 보였던 것이다.

카이온은 재생이 어느 정도 되자 날개를 펼치더니 지후에게 날아왔다.

순식간에 거리를 좁히며 날아온 카이온의 검격은 날카롭고 예리했다.

"큭."

지후는 팔에 권강을 두르며 막았지만 카이온의 검강은 내공이 아까 같지 않은 지후의 팔을 파고들기 시작했다.

마치 쇠파이프로 일방적인 구타를 하듯이 카이온은 지후에게 검은 마구 휘둘렀고 지후는 정신없이 피하며 막고 있었다.

하지만 자잘한 상처들이 계속 생겨나다보니 움직임은 점점 느려졌고 주변의 땅은 점점 지후의 피로 물들어 갔다.

이대로는 안 된다는 생각을 한 지후는 결국 최후의 수단을 생각했다.

그리고 고민했다.

'과연… 이번이 끝일까? 내가 없더라도 다른 녀석들을 막을 수 있을까?'

고민은 끝났고 지후는 라이언 대령과 세 사람에게 명령을 내렸다.

"전원 후퇴. 당장 이 전장을 떠나. 우리가 졌어. 내가 막을 테니 그동안 모두 도망가. 이대로라면 모두 죽어."

[…….]

그 누구도 지후의 무전에 응답하지 않았다.

아니 들었지만 할 수 없었다.

자신들을 도망치게 하기 위해 자신의 목숨을 걸고 있는 지후에게 어떤 말을 꺼내야 할지 몰랐기 때문이다.

"시간이 없어! 당장!"

[알겠습니다. 잊지 않겠습니다. 지후님.]

무전을 듣고 있던 라이언 대령과 간부들은 다들 잊지 않겠다는 말을 남기며 후퇴를 명령했다.

아쉽게도 세 사람의 음성은 들을 수 없었지만 군인들과 헌터들이 퇴각하는 모습을 보며 지후는 남은 힘을 쥐어짜냈다.

"하…. 결국은 개죽음이네."

◇

'결국 나란 놈은 달라지는 게 없군. 결국 생각한 게 동귀어진이라니… 하지만 무림에선 천마만 죽이면 끝이었지만… 젠장… 생각해서 달라질 것도 없는데 잡념이 떨쳐지지가 않는군…. 이번 생에는 내가 미련이 많은가 보네. 그때는 그냥 마음먹자마자 돌진이었는데.'

잠시 잡념에 빠져 갈등하는 사이에 지후의 가슴팍을 사선으로 베고 지나가는 카이온의 검이었다.

촤아악!

순간 지후의 가슴팍에선 피분수가 뿜어져 나왔다.

가슴에서 허리까지 자상이 이어졌고 조금만 더 늦게 피했다면 아예 이등분이 됐을 지도 모를 검격이었다.

"건방지게 나와 전투 중에 한눈을 팔다니! 그래도 대단하긴 하군. 파수꾼 생활을 하면서 나에게 이정도로 버틴 녀석들은 거의 없었거든."

"개자식…. 뭐 딴생각을 한 내 잘못이지."

지후는 치명적인 상처까지 입자 더욱 움직임이 굼떠졌고 결국 카이온의 검은 지후의 복부를 꿰뚫었다.

쿨럭 쿨럭.

지후는 무릎을 꿇은 채 기침과 함께 입안에서 한 움큼 피를 토해내고 있었다.

'씨발… 마지막 한 수는 쓸 수 있을 기운은 남겨달라고.'

카이온은 기분 좋은 미소를 지으며 터벅터벅 여유로운 모습으로 걸어오고 있었다.

"이제 끝인가? 재미있는 시간이었다. 이지후."

지후는 동귀어진을 하기 위해 몸 안의 모든 진기와 선천 지기까지 끓어 올리고 있었고 카이온은 지후의 목을 베기 위해 검을 하늘을 향해 들고 있었다.

그 찰나의 순간 지후는 끓어 올리던 기운을 멈출 수밖에 없었다.

"뇌룡승천!"

"파이어 스트라이크!"

"빙폭시!"

소영의 뇌룡승천이 카이온을 향했고 카이온은 지후에게 내려치려던 검의 궤적을 틀어 소영의 공격을 베었다.

그 순간 화염이 카이온을 덮쳤고 카이온은 배리어를 펼 쳐서 막아냈다.

배리어를 풀고 카이온이 움직이려 하자 바로 아영의 화 살이 날아왔고 카이온은 날개를 펼쳐 뒤로 물러났다.

"이런 건방진 것들이. 감히 나를 방해해!"

카이온은 먹음직스러운 지후를 마무리 하는 순간을 방해 받자 짜증이 치솟았다.

지후는 이 상황이 너무나 어이가 없어서 황당할 뿐이었 고 자신의 목숨으로 세 사람은 조금이라도 더 살게 하려던 계획이 방해받자 짜증이 치밀었다.

"너희들 대체 뭐야! 도망가라고 했잖아! 왜 이렇게 사람 말을 안 들어!"

"군인이랑 헌터들은 다 대피했어요. 그리고 오빠도 말

안 듣잖아요!"

"왜 왜 왜! 너네도 대피했어야지 왜 돌아와! 말을 하면 좀
들어야지! 너희는 왜 상황파악을 그렇게 못해! 왜 개죽음을
당하려고 해!"

"언제부터 지후씨가 다른 사람을 그렇게 생각했다고 혼
자 짊어지려고 해요?"

"맞아요. 형님이 언제부터 영웅놀이를 하셨다고."

"미친…. 지금 이 상황이 장난 같아?!"

"어차피 이제 오빠가 없으면 제 삶은 의미가 없어요."

"맞아요. 이제 지후씨 없이 사는 삶은 저나 소영이에게
아무런 의미도 없어요. 그리고 가장 강한 지후씨가 죽는다
면 우리가 얼마나 살 수 있을까요? 어차피 곧 가야 할 텐
데. 마지막 정도는 지후씨와 함께하고 싶어요."

"맞아요. 며칠 더 살려고 오빠를 버리고 도망칠 바에는
오빠랑 같이 죽을래요."

"죽으면 다 끝이라고…쿨럭."

지후는 다시 올라온 피를 뱉어내고 있었고 세 사람은 지
후의 주변에서 안타깝다는 눈빛을 보냈다.

"형. 그걸 알아요? 형이 그러고 있는 거 정말 안 어울리
는 거."

"그러고 보니까. 너 이 새끼. 너는 너는 돌아오지 말았어
야지!"

"왜요? 저도 같은 팀인데."

"네가 죽으면 영국이 참도 가만히 있겠다. 그리고 지수는? 너 내가 지수 눈에 눈물 흘리면 영국을 불바다로….."

"형님이 죽으면 누가 영국을 불바다로 만들겠어요? 제가 돌아갔다면 지수가 안 울었을까요? 자기 오빠가 죽었는데? 그리고 영국은 뭐라고 안 할 거예요. 애초에 형한테 올 때 지위든 뭐든 다 내려놓고 왔으니까."

카이온은 갑자기 나타난 세 인간과 지후가 떠드는 모습을 보며 황당했지만 가만히 지켜보았다.

파괴자로 인해 조용히 지내기로 마음먹었기에 지후만 죽이고 조용히 있으려고 했는데 알아서 여흥거리가 왔으니 잠시 기다려 주는 것 정도는 가능했다.

"오빠! 뭐 죽기직전에야 말하지만 저 정말 오빠 많이 좋아해요. 아니 사랑해요!"

'처음 널 봤을 땐 내 마누라랑 똑같이 생겨서 호기심에 곁에 뒀는데… 그리고 참 차가웠는데. 많이도 밝아졌네….'

"야! 소영아! 내가 먼저 말하려고 했는데! 지후씨 제가 더 많이 사랑해요! 저 지후씨 때문에 다 버리고 온 거 아시죠?"

'넌 애초에 생각 읽는 능력 때문에 선택지가 거의 없었잖아.'

"오빠 왜 대답이 없어요?"

"맞아요. 지후씨 우리 미녀들이 이렇게 고백을 하는데 왜 그렇게 반응이 없어요?"

'최근 너희가 나한테 하는 행동이 대담해 졌다는 건 느꼈지만… 그래서 그런 말을 할 만한 타이밍을 피해 다녔는데. 하긴 죽기 전에 이런 말도 못하고 죽으면 한 맺히지. 그런데 하필 이런 식으로 고백을 하냐? 목숨을 던지며 하는 고백을 거절하기는 쉽지 않은데… 내가 지금 이런 생각을 할 때가 아닌데. 하긴 나도 겉으론 멀쩡한 20대 청년이지. 언제까지 혼자 살수도 없고 욕정만 풀고 다닐 수도 없지.'

"폴. 들리냐?"

지후는 무전기에 대고 폴에게 물었다.

치익 치익.

[들립니다. 지후님.]

"미국은 일부다처제냐?"

[네? 됩니다. 되고 말고요. 안되면 되게 해야죠.]

"그냥 물어만 본 거야."

'물어만 봤어. 어차피 죽을 자린데. 근데 왠지 죽고 싶지가 않네. 동귀어진을 하고 싶은 마음이 안 생겨. 이렇게까지 살고 싶은 마음이 들었던 적이 없는데 말이야. 나도 행복하게 살아보고 싶단 말이지. 아직 저 꼬맹이들이랑 못해본 것도 많은데.'

그 순간 지후의 하단전, 중단전, 상단전에 묘한 울림이 있었다.

그리고 지후는 머릿속으로 수많은 물음을 반복하며 생각하고 있었다.

'그러고 보니까 오늘 내가 참 이상하네. 지키기 위해서 나를 희생한다? 내가? 진심으로 누군가를 지키고자 주먹을 휘두른 게 대체 언제였지? 내가 이렇게 간절하게 남을 구하고자 주먹을 휘둘러 본적이 있었나? 무림에서는 분노와 화풀이로 점철된 삶이었고 지금은 그저 여흥이었어. 이제야 삶의 의미를 찾은 건가? 이대로 동귀어진? 개죽음? 그럴 수야 없지!'

갑자기 지후의 몸이 황금빛에 휩싸이며 떠오르고 있었다.

너무나 눈부셔서 쳐다보기가 힘들 정도였고 그 모습은 너무나 성스럽고 따뜻해 보였다.

지켜보던 카이온 마저 갑작스럽게 터져 나온 황금빛을 보고 검을 움켜쥐었다.

그리고 대충이나마 지금 무슨 일이 일어나고 있는지 짐작한 카이온은 자신의 여흥이 더욱 즐겁게 됐다는 생각을 하며 비릿한 미소를 지으며 상황을 지켜봤다.

3m정도 떠오른 지후의 몸은 재탄생되고 있었다.

흔히 말하는 환골탈태의 과정이었다.

전신의 근육은 비틀렸다가 제자리를 찾아갔고 이와 머리카락은 모두 빠졌다가 다시 자라나고 있었다.

살점이 떨어져 나가고 새살이 돋아나기를 반복하며 빛은 점점 줄어들며 지후도 바닥으로 내려왔다.

환골탈태를 겪으며 예전에도 잘생기고 조각 같았던 몸이

더욱 완벽해져 있었고 카이온에게 입었던 상처또한 흔적도 없이 말끔해져 있었다.

"대, 대박…."

윌슨은 지후를 바라보며 대박이라며 중얼거리며 감탄사만을 내뱉고 있었다.

아영과 소영은 지후를 빤히 바라보고 있었다.

눈을 감고 있던 지후가 눈을 떴고 한순간이지만 지후의 안광에서는 황금빛이 터져 나왔다.

자신의 내부를 관조한 지후는 마르지 않는 샘물마냥 충만한 내공에 미소를 지었다.

'드디어 현경인가? 이번 생에 내가 현경에 오르는 깨달음은 삶의 의지였단 말인가? 지키고자 하는 마음. 그게 나를 현경으로 이끌었군. 나쁜 기분은 아니야. 지난 삶에선 분노로 현경에 올랐다면 이번엔 이런 마음으로 현경에 올랐다는 건가. 좋네. 현경도 깨달음에 따라 다르다는 건가? 전보다 기운이 더 온순하군. 난 저 녀석들을 지키겠어. 나도 즐겁게 살아봐야지. 의미 없이 재미만 찾으면서 사는 것도 이제 지겹거든.'

지후는 입가에 미소를 짓고 있었다.

하지만 잊고 있었던 게 있었다.

"형님. 물건 정말 실하시네요."

지후는 그 순간 자신의 몸이 알몸이라는 사실을 깨달았다.

"쳇."

"좀만 늦게 말하지."

'너희들은 꺄아~ 이런 비명을 지르거나 손으로 눈을 가린다거나 그런 것도 안하냐? 제대로 된 갑옷이나 하나 구하던가 해야지.'

지후는 바로 아공간에서 바지를 하나 꺼내 입었다.

아영과 소영은 지후의 몸을 구석구석 감상하고 있었고 아쉽다는 투로 툴툴거렸다.

"오빠. 이제 우리가 오빠 알몸 다 봤으니까 우리한테 장가와야겠다."

"그러게요. 옛 말에 알몸을 보여준 상대랑 결혼해야 한다던데."

"옛 말이지. 다."

"쳇."

"안 먹히네."

'일단은 썸만 타자. 내가 무림에서 돌아와서 가장 좋았던 단어가 썸이었어. 너희는 왠지 사귀면 바로 결혼얘기를 꺼낼 것 같은 분위기거든. 옛날부터 결혼과 죽음은 미룰수록 좋은 거랬지. 이미 무림에서 경험도 해봐서 그게 진실이란 사실은 잘 알고. 지금도 내 라이프를 간섭하는데 너희에게 합법적인 감시를 받고 싶지는 않다고. 아직 20대 청춘이라고. 이젠 그렇게 생각하고 살려고. 그래야 나중에 너희를 받아주지. 근데 얘네를 더 이상 어린애로

안 본다고 생각하니까 머릿속에 떠오르는 예쁜이들이 왜 이렇게 많지? 분위기에 취해서 아까 고백을 받아줄까 생각을 잠깐 했었는데 경솔하게 말하지 않기를 잘했네. 미룰수록 좋다는 말이 벌써 실감이 나다니. 이래서 세상에 내 여자 말고는 다 예뻐 보인다는 말이 있는 건가?

"형님 뭔가 분위기가 바뀐 것 같은데요?"

"하하하. 이제 괜히 깝죽거리지 말고 너희는 뒤에 가서 구경이나 하고 있어."

"하지만…."

"상황파악 좀 하지? 너희가 도움이 될까? 괜히 걸리적거리지 않는 게 도와주는 거겠지?"

무엇을 위해 그동안 수련을 했나 세 사람은 우울한 기분이 들었지만 지후를 위해서 할 수 있는 건 자신들이 피해주는 것이라는 사실을 알고 있었기에 세 사람은 물러섰다.

'이제 새로운 육체에 적응을 해볼까? 마침 제대로 된 상대도 있고. 받은 만큼 돌려줘야겠지. 아까랑은 다를 거다!'

"카이온! 2차전 시작이다. 이 씨방새야!"

지후는 카이온에게 소리치며 달려갔다.

"진화라… 놀랍긴 하지만 거기까지지. 고작 하등생물 따위가! 마족인 나에게! 넌 그저 내 여흥거리일 뿐이다!"

지후는 카이온을 향해 달렸고 카이온은 날개를 펼치고 지후에게 날아왔다.

카이온은 공중에서 지후를 으깨버리겠다는 듯이 검을 수직으로 내려찍었고 지후는 카이온을 날려버리겠다는 듯이 주먹을 올려쳤다.

콰아앙!

지후의 눈부시게 빛나는 황금빛 권강과 칠흑 같은 카이온의 검은 빛을 내는 검강이 격돌했다.

둘의 엄청난 공격이 격돌하며 그동안 볼 수 없던 엄청난 빛이 소용돌이처럼 몰아치며 충격파가 주변의 모든 것을 휩쓸며 파괴하기 시작했다.

카이온과 지후의 전투는 S급 헌터인 세 사람조차 눈으로 쫓을 수가 없었다.

오직 폭음소리와 충격파만이 전투중이라는 사실을 알렸다.

카이온은 당황스러움과 밀려오는 짜증에 아까 느꼈던 우월감과 좋았던 기분이 순식간에 사라져 버렸다.

미개한 하등생물체 주제에 아까와는 다르게 자신과 대등하게 싸우고 있는 게 마음에 들지 않았던 것이다.

"이런 건방진!"

카이온은 검강을 계속 휘둘렀지만 지후는 계속 쳐내며 반격을 가했다.

지후가 아까와는 전혀 다르게 자신의 공격을 다 막으며 반격까지 하자 조바심을 느낀 카이온의 공격은 전과 같은 여유는 없었고 조급함 때문에 예리함을 잃고 있었다.

'조금씩 이성을 잃고 있군. 그 자만심 때문에 나를 아직도 동등한 상대로 보지 않고 있어. 그건 아쉽지만 나한텐 이득이지.'

지후는 카이온의 검을 피해 안쪽으로 파고들며 팔꿈치로 명치를 찔렀다.

"커억!"

그 후 지후는 바로 카이온의 턱을 올려친 후 뒤통수를 잡은 뒤 무릎으로 얼굴을 올려 쳤다.

카이온의 얼굴에선 피가 튀고 있었고 지후는 카이온에게 쉴 틈을 주지 않고 공격을 이어갔다.

지후의 주먹은 카이온의 전신을 두들기고 있었고 카이온의 갑옷은 점점 금이 가며 깨지기 시작했다.

퍼억!

우드득.

지후의 주먹에 카이온의 갑옷이 부서지며 조각이 날리고 있었지만 지후는 여전히 공격을 멈출 생각이 없어 보였다.

어느 순간부터 카이온은 제대로 검을 휘두르지 못하고 일방적으로 지후가 구타를 하고 있었고 결국 카이온은 바닥을 구르고 있었다.

지후는 바로 넘어진 카이온을 짓밟고 차기를 반복했고 카이온은 벗어나기 위해 발버둥치고 있었다.

"그… 그만!"

"지랄!"

　난 받은 건 백배로 돌려줘야 하는 성격이라 아직 멀었어!

　카이온은 날개를 펄럭이며 하늘로 도망가려고 했지만 어느새 지후도 하늘을 날아와 카이온의 한쪽 날개를 붙잡고 있었다.

"하늘로 도망가면 뭐가 달라질 거라 생각했어?"

　쫘악!

　지후는 한쪽 날개를 붙잡더니 찢어 버린 후 카이온의 정수리를 발로 내려찍었다.

　콰앙!

　카이온은 바닥에 널 부러진 채로 원망이 가득한 눈빛으로 지후를 바라보고 있었다.

"가, 감히 나를… 나 카이온님을….."

"너 중2병이냐? 유치하게 자기 이름에 님 자를 붙이고 지랄이야."

　카이온은 이를 갈며 자리에서 일어났지만 한쪽 날개를 잃자 제대로 균형을 잡지도 못하고 있었다.

"이, 이놈이 감히 나를 희롱해!"

　카이온은 균형도 제대로 잡지 못하는 상처 입은 몸으로 지후에게 달려들었다.

"이미 날개도 꺾인 놈이 상황 파악도 못하고 설치긴. 네가 나에게 계속 방심하지만 않았어도 지금 같지는 않았겠지. 물론 이기는 건 나였겠지만. 이렇게 쉽게 이기진 못했겠지."

지후는 카이온이 휘두르는 검을 쥐고 있는 손에 주먹을 날렸고 카이온은 비명을 지르며 검을 놓쳤다.

"크아악!"

그 틈에 지후는 카이온의 전신을 두들긴 후 하늘을 향해 카이온을 던져버렸다.

카이온은 제대로 정신을 차리지 못한 상태로 하늘로 던져졌고 지후는 그런 카이온에게 마지막을 선고했다.

"네 덕분에 오늘 현경에 오른 건 고맙게 생각하지. 그러니 깔끔하게 끝내주마. 천왕삼권 제 일식 파천."

지후는 하늘에서 낙하중인 카이온을 향해 오른손을 휘둘렀고 눈부시도록 빛나는 황금빛 강기가 소용돌이치며 카이온에게 향했다.

그동안 사용했던 파천과는 격이 달랐다.

정말 하늘과 땅차이라고 해야 할까?

이건 소용돌이가 아니었다. 허리케인? 태풍? 표현할만한 방법이 없을 정도로 엄청나게 휘몰아치며 정말 하늘을 갈라버릴 기세로 쏘아져 나갔고 카이온은 강기의 태풍에 휩싸여서 조각조각 나서 죽어갔다.

"크아아아아아! 죽인다 이지후! 끄아아아아악! 살려 ㅈ…."

어느 순간 카이온의 비명은 들리지 않았고 지후가 일으킨 태풍만이 휘몰아치고 있었다.

지후가 하늘로 쳐올린 주먹을 내리자 태풍은 멈추며 구름 한 점 없는 맑은 하늘이 드러났다.

지후를 바라보던 세 사람은 경악을 할 수밖에 없었다.

그동안 봤던 지후도 인간 같지 않았는데….

이제는 신이라고 불러야 하는 걸까?

도저히 따라갈 수 없는 아득한 곳에 있는 것만 같은 모습이었기에 세 사람은 입을 다물지 못하고 바라보고 있었다.

"누나…. 형 인간 맞죠?"

"언니…. 오빠가 혹시 신일까요?"

"글쎄…. 나도 모르겠다…. 아까 갑자기 달라지더니…. 뭔가 우리랑 너무 멀어진 것 같네."

하늘에선 뭔가 구슬 같아 보이는 게 떨어지고 있었고 지후는 손을 뻗어 그것을 받아냈다.

'이게 뭐지? 아이템인가? 이것도 강화석 같은 건가?'

지후는 무전을 해서 감정사를 보내라고 하려고 했지만 환골탈태 과정에서 사라졌는지 귀에 있어야 할 이어폰이 없었기에 확인을 잠시 뒤로 미르고 알사탕 같은 2개의 구슬을 주머니에 집어넣었다.

지후는 세 사람이 있는 곳으로 순식간에 이동했다.

"헉! 형…."

순식간에 아무런 기척도 없이 지후가 자신들의 앞으로

나타나자 세 사람은 너무 놀라 뒤로 넘어질 뻔했다.

"뭘 그렇게 놀라고 그래? 나랑 처음 보는 것도 아니고 매일 봤는데."

"그, 그러게요. 근데 형님이 갑자기 너무 달라진 것 같아서…."

"달라지긴 뭐가 달라져. 이제야 내 힘을 되찾은 것뿐인데."

'빨리 적응해서 완벽하게 지난 삶의 무위를 회복해야겠어. 이제 현경에 올랐으니 그건 금방이지.'

"오빠…."

"지후씨…."

'얘네가 나를 무슨 신으로 보나? 뭐 예전엔 현경을 반신의 경지라고도 부르긴 했지. 내가 생각할 때 반신의 경지라면 현경을 뛰어넘어 자연경에는 들어야 된다고 생각하지만. 뭐 그 경지에 오른 사람은 본적이 없어서 모르겠고.'

"너희들 그런 이상한 눈빛으로 그만 보지? 그냥 전보다 조금 세진 것뿐이거든. 30분 전이나 지금이나 난 나야."

"조금이 아닌 것 같은데…."

"그렇긴 하네요. 형님이 형님이죠."

'넌 참 단순해서 좋겠다….'

아영과 소영은 윌슨을 보며 같은 생각을 하고 있었다.

"형님 그래서 앞으로 어찌시게요? 아영누나랑 소영이 받아주시는 거예요?"

"…응?!"

'이런 개자식…. 분위기상 대충 넘어가고 흐지부지 될 수도 있었는데! 저 눈치 없는 새끼. 조만간 내가 날 잡는다.'

"형님. 그럼 고백을 받아주시는 건가요?"

"……"

"지후씨 왜 대답이 없어요? 빨리 대답해 봐요."

지후에 대한 상념을 털어낸 아영과 소영은 바로 현실을 바라봤다.

"나중에…. 일단 썸? 밀당? 뭐 그런 정도만 하자. 너희도 내 말 안 듣고 돌아왔잖아."

"그거야 오빠가 걱정되니까!"

"그래서 결과적으로 걱정할만한 일이 있었어? 내가 깔끔하게 해결했잖아. 너희는 아직 나에 대한 믿음이 부족해."

"오빠 지금 우리랑 장난해요?"

"맞아요. 언제까지 우리 애를 태울 거예요?"

'본능이 경고하고 있어. 느낌적인 느낌이랄까? 말 한마디가 얼마나 중요한데 수락을 할 것 같니? 미쳤다고 내가 벌써부터 잠금장치를 만들까봐?

"내가 유모차냐? 애를 태우게?"

"미친…."

"헐…."

"형님…."

미안…. 내가 무림에서 살던 세월이 있다 보니 아재개그가 가끔 튀어나와… 그래도 이 덕에 분위기는 바뀌었어.

분위기 전환을 위해 지후는 화재를 전환할 소재를 찾기 시작했다.

그러고 보니 세 사람의 상태도 좋아 보이지 않았다.

온몸 곳곳엔 상처가 보였고 갑옷도 만신창이였던 것이다.

'곧 죽어도 이상할 것 같지 않은 상태로 나한테 돌아왔다는 건가?

잠깐이지만 지후는 가슴이 간질거리는 기분을 느끼고는 그걸 털어버리기 위해 입을 열었다.

"근데 윌슨 넌 다 죽어가면서 뭐가 좋다고 실실 쪼개고 있냐? 혹시 성향이?"

'지수한테 말해야 하나?

"형님이 이기셨잖아요. 그래서 좋아서요. 그리고 전 청춘이잖아요. 아프니까 청춘이란 말도 있는데 이정도 상처쯤이야."

"아프면 환자지. 어디서 이상한 말을 듣고 다녀."

'저거 한국어 누가 가르치고 있는 거지? 네가 지금 청춘의 모습이냐? 환자의 모습이지. 이놈을 정신과로 보내야 되나?

지후는 고개를 저으며 손을 휘휘 저었다.

'저 놈은 알면 알수록 애가 이상하단 말이야…. 저런 놈한테 지수를 줘야 하나…?

지후는 아영에게 부탁해 폴에게 무전을 보내 집으로 감
정사를 부른 뒤 세 사람과 함께 워프로 돌아갔다.

지후는 감정사가 도착하기 전 샤워를 했다.

'이야~ 뭔가 피부가 좀 더 매끄러워진 것 같은데? 완전
도자기네 도자기. 잡티도 하나 없고. 원래 없었지? 근데
이제는 뭐랄까? 광이 나는 것 같은데? 물광인가?'

지후는 샤워를 하다 거울을 보다가를 반복하며 기분 좋
은 콧노래를 불렀다.

그동안 닿을 듯 닿지 않았던 현경에 올랐기에 기분이 매
우 좋은 지후였다.

샤워를 마친 뒤 거실에 나가자 세 사람이 감정사와 함께
온 힐러들에게 치료를 받고 있었다.

수건으로 물기를 털어낸 뒤 소파에 앉은 지후는 테이블
에 카이온을 죽이고 얻었던 아이템을 올려놨다.

"이것 좀 감정해 줘."

"네."

감정사는 지후가 내민 아이템을 떨리는 손으로 집어 들
었다.

'침착하자. 침착해.'

감정사는 자신이 지후의 물건을 만진다는 사실만으로도
엄청난 긴장을 했기에 계속 마음속으로 침착하자며 마인드
컨트롤을 하고 있었다.

지후의 집에 도착하기 전에도 정부에서 신신당부를 했기에

미국 최고의 감정사라고 해도 긴장을 하지 않을 수가 없었다.

"가, 감정이 끝났습니다. 여기 보시죠."

진실의 눈. (귀속)

모든 것을 꿰뚫어 볼 수 있다.

종족, 이름, 나이, 적의 공격, 약점 등을 볼 수 있다.

마음속으로 착용이라고 외치면 즉시 사용가능.

해제 불가능.

'심안 같은 건가? 나 이제 현경에 올라서 이런 건 별로 의미가 없는데… 어쨌든 나쁜 건 아니겠지. 착용!'

지후가 마음속으로 착용이라고 외치자 번쩍하며 아이템이 사라졌고 잠시지만 지후의 안광이 빛을 냈다.

눈을 깜빡이며 뜬 지후는 세 사람을 바라봤고 금세 흥미를 잃었다.

'이게 게임이야? 게임에서 보던 상태창처럼 나오네. 근데 조금 웃기긴 하네. 종족이 지구인이 뭐냐. 근데 여자 꼬실 때는 좀 쓸모 있겠는데?'

"윌슨. 나한테 공격해봐."

"네?"

"빨리!"

지후의 다급한 음성에 윌슨은 하는 수 없이 주먹을 휘둘렀고 지후는 가볍게 피했다.

사실 급한 일은 아니었지만 그냥 윌슨을 놀려먹는 재미라고나 할까?

세 번 정도의 공격을 지후가 피하자 윌슨은 공격을 멈췄다.

"형님 계속해요?"

"아니 이제 됐어."

공격할 위치가 점으로 표시되고 적의 약점이 보인다는 게 이런 거구만.

지후의 눈에는 공격을 받을 위치가 보였고 약점이 붉은 점으로 표시되고 있었다.

윌슨과는 격차가 워낙 컸기에 제대로 알아 볼 수는 없었고 대충이나마 어떤 능력인지 알게 된 걸로 만족하기로 한 지후였다.

'나랑 비슷한 놈이나 강한 놈이랑 싸울 때는 유용하긴 하겠네. 거기다가 아이템 감정도 되니 이제 감정사를 부를 필요는 없겠군. 상대의 스킬을 미리 안다라. 앞으로 너무 싸움이 쉬워지는 거 아닌가?

사실 엄청 좋은 아이템이었지만 현경에 올랐기에 별로 감흥이 없는 지후였다.

감정이 끝나고 힐러들도 치료가 끝나자 모두 돌아가고 지후와 세 사람 그리고 폴만이 집에 남아있었다.

폴은 감격에 가득 찬 눈빛으로 계속 지후를 바라보고 있었다.

마치 연인을 바라보는 듯 끈적끈적한 눈빛에 지후는 몸을 떨며 불쾌감을 느꼈다.

"폴."

"네. 지후님!"

"그 징그러운 눈깔 안 치울래? 확 눈깔에 먹물을 뽑아 버릴까보다."

그 사이 오마바 대통령에게도 고맙다는 전화가 왔고 한참이나 은혜를 어쩌고 하는 통화가 이어졌다.

25. 현경 vs 드래곤

25. 현경 vs 드래곤

　지후가 샌디에이고에서 S급 던전의 보스몬스터이자 카이온을 물리친 지도 어느덧 한 달이 흘렀다.

　지후는 현경에 오르자 더욱 수련에 박차를 가했다.

　그 좋아하던 전설대전마저 뒷전으로 미뤄둔 채 수련을 했다.

　완전 끊지는 못했지만 당분간은 지후는 수련에 집중할 계획이었다.

　현경에 올랐지만 현경에도 엄연히 급이 있었고 지후는 무림에서의 경지를 찾기 위해 수련을 하고 있었다.

　지후는 오랜만에 수련이 전설대전보다 재미있었다.

　자신이 알고 있는 그 어떤 무공도 마음껏 펼칠 수 있었기 때문이다.

다만 지후로 인해 불어 닥친 이 수련의 열풍은 아영과 소영, 윌슨에게도 향하였다.

그랬기에 하루하루 지옥의 시간이 펼쳐졌고 아영과 소영이 들이대는 날이면 수련의 강도는 더욱 세졌다.

들이댈 기운조차 빼버리겠다는 지후의 의지였다.

아영과 소영은 한 달 전 지후의 애매한 답변에도 불구하고 전보다 더욱 애정공세를 펼쳤다.

아니 이제는 그냥 대놓고 했다.

연인이나 할법한 행동들을 서슴지 않고 했고 지후도 조금은 받아주었다.

지후가 정말 자신들을 마음에 두지 않았다면 확실한 거절을 했을 거라는 걸 그동안 함께하며 파악한 아영과 소영이었다.

세 사람의 기묘하고 애매한 관계는 언제까지 일지 몰랐지만 현재진행형이었다.

지후가 S급 던전의 웨이브를 막았다는 사실은 세계로 퍼져나갔다.

다들 미국을 부러워했고 대한민국은 한숨을 쉬었다.

이미 돌이킬 수 없는 관계가 되었다는 사실이 대한민국

사람들을 더욱 힘들게 했다.

미국인들은 지후를 찬양했고 지후의 캐릭터 상품은 전국적으로 없어서 못 팔정도로 엄청나게 팔려나갔다.

아이들은 지후를 신이라며 찬양하기 시작했고 덩달아 오바마의 지지율은 더 이상 오를 곳이 없을 정도로 올라 지후와 함께 전 국민적인 사랑을 받았다.

하지만 미국은 S급 던전의 보스에 대해서는 오프 더 레코드를 했다.

양날의 검이랄까?

마족이라는 지적 생명체에 대한 정보는 알리지 않았고 정부는 철저하게 그 날의 전투에 대한 내용을 숨겼다.

자칫 잘못했으면 지후가 죽었고 미국이 멸망할 뻔 했다는 사실은 미국만이 아닌 전 세계에 혼란을 야기할 수도 있다는 판단 때문이었다.

"형님! 형님 큰일 났습니다!"

윌슨은 한참이나 심각한 표정으로 전화를 받더니 잔뜩 상기된 얼굴로 다급하게 지후에게 달려왔다.

"왜? 무슨 일인데?"

"영국에 S급 던전이, 드래곤이 나타났습니다!"

"드래곤? 그 소설이나 영화에나 나오던 그 드래곤?"

"네. 지금 스코틀랜드의 글래스고 지역에 나타났습니다. 빨리 가야 해요!"

'드래곤이라…. 전설에나 나오던 드래곤이라니….'

"알았으니까 기다려봐."

"형님! 한시가 급해요!"

"기다리라고! 좀 침착해! 안 간다는 게 아니라 상황파악을 좀 하자는 거야. 넌 아영이랑 소영이나 불러와. 걔네도 데리고 가야할 것 아니야. 너도 챙길 거 있으면 챙겨오고."

월슨은 1분이라도 빨리 가고 싶었지만 지후의 말이 틀린 말이 아니기에 아영과 소영이 수련중인 수련실로 달려갔다.

지후는 담배를 물었고 담배를 물자 저절로 담배의 끝에는 불이 붙었다.

현경에 오르고 지후는 이런 식으로 의지만으로 담뱃불을 붙이곤 했다.

어차피 마르지 않는 샘 같은 내공이기에 아무런 문제가 없었다.

"폴. 알고 있는 거 있으면 다 말해봐."

지후는 요즘 자신의 비서처럼 대부분의 시간을 함께 보내고 있는 폴에게 물었다.

"어젯밤 독일, 스페인, 네덜란드, 브라질, 나이지리아, 일본, 중국에 S급 던전이 나타났습니다. 그리고 오늘 스코틀랜드에도 S급 던전이 나타났습니다. 스코틀랜드는 S급 던전이 나타난 지 아직 1시간이 안 된 거로 알고 있습니다. 그래서 저도 방금 소식을 들었습니다."

"다들 상황은?"

"모르겠습니다. 그 나라에 파견되어 있던 요원들은 모두 연락이 끊겼고 위성으로 알아보려고 해도 그 나라들은 노이즈가 낀 것처럼 뿌옇게 나와서 알 수가 없습니다. 전문가들 말에 의하면 뭔가가 방해를 하는 것 같다는데 그런 기술력은 아직 저희도 없어서…."

"미국에 없다고 다른 나라에도 없다는 생각은 버려. 그리고 아이템일 수도 있고 S급 몬스터의 능력일 수도 있지. 사고를 좀 넓혀. 시야가 왜 이렇게 좁아."

지후는 혀를 끌끌 차며 폴에게 면박을 줬고 폴은 의외로 쉽게 수긍을 하고 있었다.

'하긴, 더 이상 세계최강국은 미국이 아니야. 앞에 있는 지후님이야 말로 개인이지만 우리 미합중국보다 강하지.'

지난번 지후가 카이온을 쓰러뜨린 뒤로 폴은 자꾸 이상한 눈빛을 보내더니 지금은 지후를 신처럼 생각하고 있었다.

아마 지후가 똥을 금이라고 한다고 해도 믿을 정도로 지후에 대한 믿음과 신념이 두터웠다.

세 사람은 다급하게 지후에게 달려왔고 지후는 연기를 뱉으며 피고 있던 담배를 재떨이에 비벼 끄며 소파에서 일어났다.

"윌슨."

"네."

"할머니한테 전해. 지수 혼수 한다고."

아영과 소영은 기가 막혔다.

무슨 혼수가…. 자기 누나도 시집을 보냈으면 이제 자기가 갈 생각을 해야지.

순서도 지키지 않고 동생을 보낼 생각을 하는 지후를 보며 두 여자는 한숨이 나왔다.

"혀엉…."

윌슨은 곧 눈물을 흘릴 것만 같은 표정을 하고 있었다.

"정말 감사해요. 이 은혜는 꼭…."

"지수한테 잘 해라. 그거면 된다."

'통역아이템은 제발 좀 하고 다니고. 형은 정말 네 그 주둥이가 가끔 못미덥다.'

지후는 이 분위기에 이런 말은 할 필요가 없다고 생각하며 말을 삼켰다.

지후는 부모님에게 윌슨은 지수에게 전화를 해서 영국에 다녀온다고 알린 후 워프로 이동해 런던에 있는 윈저 성에 도착했다.

왜 스코틀랜드가 아니라 런던으로 갔냐고?

카이온과 싸워봤기에 지후는 잘 알고 있다.

S급 보스몬스터의 강함을.

무작정 덤벼선 안 된다는 사실을.

카이온은 지후를 인정하지 않고 방심해서 현경에 오른 뒤에는 쉽게 이길 수 있었지만 지금 싸워야 할 상대는 어떨지 모르니 일단은 상황파악이 중요했다.

삶에 대한 의지로 깨달음을 얻은 만큼 지난 번 같은 동귀어진을 할까 하는 생각자체가 없었고 그만큼 신중했다.

그리고 드래곤이라는 상상속의 최강의 생명체를 상대해야 된다고 생각하니 지후는 전신으로 투기가 퍼져나갔다.

지후의 윈저 성으로 영국왕실의 기사 단장이자 둘째 왕자인 윌로드가 모든 지휘권을 가지고 방문했다.

"형님!"

윌슨은 윌로드를 보자마자 와락 안았다.

"건강하게 잘 지냈나 보구나."

"너희 무슨 몇 년 떨어졌냐? 몇 달 전에도 영국에 와서 같이 식사를 했던 기억이 있는데? 내가 다른 사람들이랑 고기를 썰었었나?"

지후는 두 형제가 이 상황에 브로맨스를 찍고 있자 짜증이 났다.

'내가 영국에 형제상봉 보려고 왔냐? 대체 왜 왔는데!'

"하하하. 반가워서 그렇죠."

"하하. 아무래도 타지에 나간 동생이다 보니… 상황이 상황인데 죄송합니다."

"거 청춘드라마는 나중에 찍으시고 일단은 상황 설명 좀 해주시죠."

'지수 시댁만 아니었으면 콱 그냥! 형제가 둘 다 눈치가 없냐. 이거 혹시 유전인가?'

지후에게 영국의 왕자라는 신분은 별 의미가 없었다. 만약 그가 지수의 시댁식구가 될 사람이 아니었다면 지금쯤 한 대 맞았거나 지후에게 막말을 듣고 있었을 것이다.

아영과 소영은 지후가 정말 지수를 많이 챙겨준다는 사실을 느낄 수 있었다.

저런 장면에 지후가 주먹질을 안 하고 최대한 친절하게 말을 하고 있었으니 말이다.

지후의 가족애가 느껴지자 두 사람도 지후와 가족이 되면 어떨지 상상을 하다가 대화소리에 아차 싶어 상상을 멈추고 상황파악에 집중했다.

"흠흠. 일단 S급 던전은 스코틀랜드 글래스고 지방에 나타났습니다. 아직은 별다른 움직임이 없습니다만 던전이 나타나고 잠깐 밖에 나왔다가 다시 들어갔습니다."

그때 문을 벌컥 열어젖히고 다급하게 들어오는 기사가 있었다.

"단장님! 빨리 이것 좀 보셔야겠습니다."

기사는 바로 회의실에 화면을 띄웠고 모두는 영상을 바라봤다.

영상에는 축구장 정도의 크기는 되어 보이는 붉은 몸통의 레드드래곤이 있었고 드래곤은 던전 밖으로 나오더니 입구에서 포효를 하고 있었다.

그동안 소설이나 영화에 등장하던 드래곤과 같은 모습이었다.

하지만 실제로 볼 거라곤 생각을 안 했기에 다들 긴장을 하며 영상에 집중했다.

드래곤이 포효하는 엄청난 소리가 영상에서도 전해졌고 영상은 지진이 난 듯이 떨렸다.

영상으로 전달받는 소리였지만 그 소리만으로도 영상을 보는 모두의 몸에는 소름이 돋고 있었다.

그 후 레드드래곤은 다시 던전 안으로 들어갔다.

그 후 10분 정도가 지나자 갑자기 몬스터들이 드래곤이 들어간 던전을 향해 달려 들어갔다.

"저게 어떻게 된 거야? 대체 무슨 상황이야! 저 몬스터들은 대체 어디서 나타난 거야?!"

윌로드 왕자는 당황해서 소리를 쳤고 영상을 틀던 기사는 말을 이었다.

"드래곤이 포효한 뒤에 반경 10km에 있던 던전들의 웨이브가 모두 터졌습니다. 그리고 모두 드래곤이 있는 던전으로 향했고 지금도 향하고 있습니다."

모두 심각한 표정을 짓고 있었고 지후 또한 팔짱을 낀 채로 심각한 표정을 짓고 있었다.

지후는 담배를 꺼내 다시 입에 물었다.

후~

지후는 깊게 빨은 담배를 뱉어내며 대책을 생각하고 있었다.

'더럽게도 크네. 저런 큰 놈은 무림에서도 여기서도 딱히

상대해 본 적이 없는데.'

"엄청 크네…. 때릴 곳은 많아서 편하겠네."

불난 집에 부채질을 하는 건지 환기를 시키는 건지 알 수 없는 윌슨의 중얼거림이 모두의 귀에 들렸다.

지후는 윌슨의 말에 눈이 번쩍 뜨였다.

일단 때릴 곳이 많고 크기도 크니 둔해서 쉽게 피하지 못할 거란 생각이 지후의 머릿속에 들었다.

하지만 맷집이 엄청날 것만 같은 몸이었기에 아직 머릿속으로 정확한 그림이 그려지진 않았다.

"일단 주민들 대피현황은요?"

"현재 글래스고를 중심으로 주변지역이 대부분 대피중이고 2시간 뒤에는 스코틀랜드 전역에 긴급 상황임을 알리고 모두 대피소로 보낼 생각입니다. 그리고 현재 부기사단장이 현장에 도착해서 군과 함께 전선을 짜고 있습니다. 현재 5천 명 정도의 헌터가 현지에 도착했고 4만 명 정도의 헌터가 소집에 응해서 그곳으로 향하고 있습니다."

"무기 상황은요? 미국처럼 뭐 신무기 같은 건 없나요?"

"신무기 말입니까? 저희는 군비를 감축하고 헌터들에게 예산을 늘리느라…. 대신 미국에서 마정석 미사일을 실은 전투기가 출발했다고 합니다."

역시 무기는 미제라는 건가.

"몇 발이나 오는데요?"

"다해서 50발이라고 합니다."

'50발이라…. 흠…. 몰이를 해서 몬스터들에게 써야 하나? 드래곤한테 써야하나….'

"일단 전선을 형성하고 상황을 지켜보죠. 2차 전선도 만들어 두세요. 2차 전선은 빠르게 후퇴할 수 있도록 준비해 주시고요."

"왜 후퇴를 생각하십니까?"

"그냥 느낌적인 느낌이랄까요? 저도 드래곤이랑 싸워 본 적도 없고 저런 큰 몬스터도 처음이라서 만약은 대비해야 해요."

"알겠습니다…."

힘이 빠진 목소리로 말하는 윌로드 기사단장을 보며 지후는 한 숨이 나왔다.

'내가 무슨 전지전능하다고 생각하는 거야? S급 던전에서 나오는 것들은 다 나랑 무력이 비슷한데!'

"너무 그렇게 걱정하지 마시죠. 만약이니까요. 그리고 최선을 다 할 겁니다. 그래야 제대로 된 혼수죠."

그나마 위로가 되는 말이었지만 표정은 밝아지지 않았다.

국민의 안녕을 위해야 하는 신분이기에 자국의 영토에 나타난 엄청난 던전을 두고 기분이 풀리지 않는 윌로드였다.

◆

어느덧 하루가 지났고 지후의 성에선 모두 아침을 먹고 있었다.

"든든하게 먹어. 2시간 뒤에 글래스고로 출발한다."

"네."

윌로드와 윌슨도 걱정은 태산 같았지만 내색을 하지 않고 아침을 든든히 먹었다.

아침식사가 끝나고 지후와 윌로드는 작전의 최종점검을 하고 있었다.

"현재 기용할 수 있는 모든 수단은 1차 방어선과 2차 방어선에 집중시켜 놓았습니다. 미국에서 온 전투기는 언제든 출발할 수 있게 스탠바이 상태이고 1차 방어선에는 2만의 헌터와 3만의 군인이 2차 방어선에는 3만의 헌터와 5만의 군인이 집결해 있습니다."

"생각보다 인원이 많네요."

"상황이 상황이니까요."

두 사람은 10분정도 더 작전에 대한 세부사항을 점검한 뒤에 헤어졌다.

윌로드와 기사들은 헬기를 타고 2차방어선으로 먼저 이동했고 성에는 집사와 하인들을 제외하곤 지후와 세 사람 뿐이었다.

◆

　1차 방어선은 곧 다가올 전투를 준비하며 다들 긴장에 휩싸여 있었다.

　"부단장님! 전방에 몬스터들이 몰려오고 있습니다."

　"전원 전투 준비! 모든 군인과 헌터들은 당장 전투 준비를 해."

　부단장은 바로 윌로드에게 무전으로 이 소식을 알렸다.

　"단장님! 지금 몬스터들이 1차 방어선으로 몰려들고 있습니다."

　[당장 준비하고 포격을 시작해. 나도 당장 그리로 가지. 내가 도착할 때까지 잘 부탁하네.]

　"네. 단장님 오시기 전까지 제가 책임지고 막고 있겠습니다."

　펑! 퍼엉! 펑펑펑펑!

　타다다다다당!

　탱크와 자주포, 장갑차의 기관총들은 진군하는 몬스터떼들에게 쉬지 않고 불꽃을 뿜어내고 있었고 원거리 딜러들도 자신의 사정거리에 들어오는 족족 스킬로 공격을 가하고 있었다.

　기사단장인 윌로드는 헬기를 타고 2차방어선에서 1차방어선으로 향하고 있었다.

　그리고 도착 직전 엄청난 광경을 목격하게 되었다.

"이런…. 빌어먹을… 내가 지금 보는 게 맞는 건가?"

허탈하다는 윌로드의 음성이 헬기에 타고 있는 인원들에게 묻고 있었고 다들 어이가 없다는 듯 눈만 깜빡거리고 있었다.

"몬스터들이 매복을 했을 줄이야…."

이미 알리긴 늦었다.

뒤에서 슬금슬금 다가가는 몬스터들의 모습이 1차 방어선의 무리들과 10m도 남지 않아 보였다.

포격의 소리는 몬스터들이 다가오는 소리를 숨겨주었고 정면에 있는 적에게만 집중하고 있는 1차 방어선의 병력들은 뒤에서 다가오는 몬스터들을 눈치 채지 못한 채 공격을 당하기 시작했다.

윌로드는 이를 악물며 헬기의 고도를 낮추고는 뛰어내렸고 윌로드와 헬기에 타고 있던 전투가 가능한 인원들도 모두 뛰어내려 검을 휘둘렀다.

"으아악!"

"뒤다!"

"뒤 쪽에서 몬스터가!"

포격소리에 묻혀 들리지 않았지만 점점 웅성임은 커졌고 군인과 헌터들이 뒤를 돌아봤을 땐 몬스터들이 냄새나는 아가리를 벌린 채로 달려들고 있었다.

퍼억!

트롤이 휘두른 몽둥이에 육편이 된 채로 날아가는 동료

의 모습이 모두의 눈에 들어오고 있었고 다들 다급하게 총구를 뒤로 돌리며 지척까지 접근한 몬스터들과 접전이 시작됐다.

전방으로 향했던 포격은 멈추고 포신들도 뒤쪽을 향해 돌아가고 있었다.

갑작스러운 공격에 제대로 된 명령이 전달되지 않았고 모두 우왕좌왕하며 냉정을 잃고 공격을 하고 있었다.

그 순간 정면에서 다가오던 몬스터들도 포격이 멈췄기에 빠르게 다가왔고 1차 방어선의 병력들은 앞 뒤에서 몰려드는 몬스터에 샌드위치를 당하고 말았다.

월로드는 아수라장이 되어버린 전장에서 검을 휘두르며 홀로 악을 쓰며 지휘를 하고 있었다.

"대열을 가다듬어라! 모두 침착해! 다들 뭐하고 있는 거야! 그동안 우리가 뭘 위해서 검을 휘둘렀는지 다들 잊었나! 똑바로 지휘 안 해!"

월로드의 명령은 전장에서 들려오는 비명에 의해 묻혀버렸고 갑작스러운 전선의 붕괴에 군인이나 헌터나 할 것 없이 모두 냉정함을 잃고 생존에 급급한 전투를 하고 있었다.

하지만 월로드는 이를 악물고 들고 있는 검을 계속 휘두르며 그나마 전장에 활로를 뚫고 있었고 그 모습에 기사들이 뭉치기 시작했고 조금씩 이나마 대열이 정비되고 이성을 찾는 군인과 헌터들이 늘어갔다.

그 시각 세 사람은 각자 휴식을 취하며 심신을 가다듬었고 지후 또한 운기행공을 하며 심신을 다스리고 있었다.

한참 각자의 방식으로 전장에 떠나기 전 휴식을 취하고 있을 때 요란한 전화벨이 울렸다.

벨소리는 참 요란하게도 울렸고 뭐랄까 참 불길한 느낌이 들었다.

평소에는 아무렇지도 않았던 벨소리가 오늘따라 참 불길하다는 생각이 드는 지후였고 역시나 지후의 예상은 정확했다.

전화를 받은 집사의 눈가엔 눈물이 그렁그렁 맺혀 있었고 다급하게 말을 이었다.

"지금 전투가 시작됐다고 합니다. 그리고…. 1차 방어선이 무너지기 직전이라고 합니다."

집사의 아들은 군인이었고 지금 소집이 되어 글래스고에서 탱크를 운전하고 있었기에 집사는 울먹이며 말을 했다.

"젠장! 도대체 어떻게….."

지후도 아영도 소영도 모두 놀란 토끼눈을 뜨고 있었다.

그리고 지후는 그 곳에 배치된 헌터와 군인의 수를 알기에 더욱 놀라고 있었다.

'그 많은 인원이 순식간에 당한다고?'

"당장 이동한다. 윌슨 뭐하고 있어! 이동한다고! 정신 안 차릴래!"

윌슨은 전화의 내용에 너무 놀랐는지 멍하니 천장을 바라보고 있었다.

"다들 정신 똑바로 차려. 워프 하는 순간 전투돌입이다. 무기 챙겨!"

세 사람은 바로 무장을 점검했고 지후의 몸에 손을 올렸다.

"집사님…. 너무 걱정하지 마시죠…. 아드님은 무사할 것입니다."

지후의 말에 조금은 위안이 됐는지 집사는 고개를 끄덕였고 그 모습을 본 지후는 바로 워프를 시전했다.

윌로드에게 받았던 1차 방어선의 정확한 좌표로 워프를 했고 도착하자마자 바로 전장의 곡소리가 지후와 세 사람의 귀에 들려왔다.

"으아악! 살려줘!"

"힐!"

"아아아아아악!"

곳곳에선 비명이 난무했고 상황은 처참했다.

눈앞에선 병사들과 헌터들이 피를 흘리며 쓰러지고 있었고 오합지졸의 모습을 보이며 제대로 된 저항을 하지 못하고 있었다.

세 사람은 바로 무기를 들고 전투를 시작했다.

"이 빌어먹은 몬스터들이! 감히 우리 영국 땅을 피로 물들여!"

윌슨은 군인들과 헌터들이 눈앞에서 비명을 지르고 피를 토하며 쓰러지자 핏발이 선 눈으로 노성을 토하며 우산을 휘둘렀다.

윌슨의 우산에선 끊임없이 불꽃이 토해지고 있었고 그 불꽃은 마치 윌슨의 분노인 것 마냥 꺼지지 않고 활활 타올랐다.

지후 또한 빠르게 몬스터들을 죽이며 전장에 숨통을 틔우려 하고 있었다.

평소대로였다면 지후가 강기들로 단숨에 처리했겠지만 지금처럼 몬스터들과 코앞에서 뒹굴고 있을 땐 사용을 할 수가 없었다.

강기를 사용했다간 폭발력에 아군도 피해를 받을 수밖에 없었기에 지후는 일일이 주먹을 휘두르고 잡아 뜯으며 몬스터들을 학살하고 있었다.

헌터들과 군인들도 지후와 세 사람을 보더니 조금이나마 정신을 차리며 대열을 가다듬었고 냉정을 찾기 시작했다.

지후는 쓰러져 있던 기사를 일으켜 대체 어떻게 된 상황인지를 물었다.

기사의 상처는 다행히 심하지 않아 재빨리 점혈로 출혈을 막았고 대화를 하는데 문제는 없었다.

"대체 왜 1차 방어선이 이 모양이 된 거지?"

"몬스터들이 갑작스럽게 돌진해 왔습니다."

"그 정도야 예상할 수 있잖아?"

"네. 저희도 처음에는 포격과 원거리 공격위주로 잘 막고 있었습니다. 그런데 저희가 그 쪽에만 너무 신경을 쏟은 나머지 후방의 경계를 소홀히 했습니다."

"후방?"

"네. 전방의 적들에 신경이 쏠린 사이에 저희들의 뒤에서 갑자기 몬스터들이 쏟아져 나왔습니다. 상황은 순식간에 아수라장으로 변했고 그 틈에 전방에서 진군하던 몬스터들이 덮쳐서 지금 이 상황이 왔습니다."

"갑자기 몬스터들이 뒤에서 어떻게 나타났다는 거지?"

"이건 그냥 제 개인적인 생각인데…. 아무래도 처음부터 던전에서 나온 몬스터들이 모두 S급 던전으로 향한 게 아니고 기존에 있던 던전이나 어딘가에 숨어있지 않았나 생각이 됩니다. 어차피 다 피난을 한 상태였으니 숨어있다고 발견할만한 사람들도 없었고요."

"빌어먹을 드래곤…. 뒤치기라니…. 머리가 있다는 거네…."

'이 정도로 치밀한 작전을 짤만한 놈이면 나한테 방심을 하지도 않겠고. 신중하다는 건가? 상상 속 드래곤이랑은 너무 다른데… 그저 오만하게 힘으로 누르려 할 줄 알았는데… 작전이라니….'

"단장과 연결 가능한 게 있으면 연결 해봐."

기사는 자신의 귀에 꼽혀 있던 이어폰을 뽑아 지후에게 주었고 지후는 바로 그 이어폰을 착용했다.

"바로 말씀하시면 됩니다. 단장님과 지휘관들의 회선에 맞춰두었습니다."

지후는 고개를 끄덕였고 기사는 다시 검을 움켜쥐더니 전장으로 뛰어갔다.

"월로드. 월로드 들리나?"

[지… 지후님이십니까?]

"응. 지금 도착해서 한 참 싸우는 중인데 말이야. 아무래도 여기 버려야 될 것 같아."

[네? 버리다니요?]

"후퇴하라고. 고립된 상태에서 뭘 어쩌게? 지금 다들 당황해서 제 실력도 못 내고 있어. 이대로 싸워봐야 희생만 늘어날 뿐이야. 2차 방어선으로 후퇴해서 전열을 가다듬는게 나아."

[하….]

"너무 걱정하지 말라고. 나도 최대한 힘을 낼 테니까. 넌 최대한 빨리 후퇴 명령을 내려. 그리고 2차 방어선에 있는 헌터들한테 수색 좀 해보라고 해. 거기까지 뒤치기 들어오면 답도 없어."

다행히도 수색결과 뒤치기를 염려할만한 적은 발견되지 않았다.

사실 드래곤이 이정도 개책을 내서 공격을 했던 것 자체가 기적 같은 일인데 안배를 두 개나 해놓을 리는 없었다.

마족보다 더 오만하다고 알려진 드래곤이란 종족이 함정을 하나 팠다는 것 자체가 기적이랄까?

"후퇴해라! 모두 후퇴해! 2차 방어선까지 전속력으로 이탈한다!"

월로드의 명령이 떨어지자 우왕좌왕하던 아군은 후퇴라는 희망에 몸을 실으며 전장을 이탈했다.

하지만 워낙 몬스터들과 뒤엉켜 있었기에 후퇴를 하는 것조차 쉽지 않았고 사망자는 계속 늘어갔다.

지후는 아군의 후퇴를 위해 몬스터들을 휩쓸고 있었지만 늘어가는 희생자들을 보면서 뭔가 방법이 없는지 고민을 하고 있었다.

'이대로라면 피해가 계속 늘어날 텐데…. 뭐 좋은 방법이 없을까?'

아!

순간 지후의 머릿속에는 괜찮은 방법이 떠올랐고 왜 그 생각을 못하고 있었던 건지 자신의 굳어버린 머리를 질책했다.

지후는 땅을 박차고 하늘로 뛰어 올랐다.

지후가 딛고 있던 아스팔트는 지뢰라도 터지는 것처럼 튀어 올랐고 지후는 순식간에 하늘에 떠 있었다.

지후는 심상으로 단검들을 떠올리고 있었다.

'폭발력을 억제하고 관통력을 늘린다.'

지후의 주변에는 황금빛 단검이 셀 수 없이 많이 떠오르고 있었고 지후는 어느 정도 생성이 된 것을 보자 주변을 둘러

보고는 모두 눈에 담았다는 듯이 치켜들고 있던 손가락을 땅
으로 내리쳤다.

그러자 일제히 떠 있던 황금빛 단검들은 찬란한 빛줄기
를 그리며 땅으로 쏘아져 나갔다.

'천검비!'

지후의 천검비가 하늘을 수놓은 빗줄기처럼 쏟아져 내렸
고 아군을 피해 몬스터들의 머리를 꿰뚫고 있었다.

쏟아져 내리는 황금빛에 다들 눈이 부셔 주춤했지만 하
늘에 떠있는 지후를 보고 다들 그게 자신들을 공격하는 것
이 아니라는 생각에 안심을 했고 정확하게 몬스터들만을
공격하자 다들 몬스터들을 지나쳐 빠르게 후퇴했다.

몬스터들은 머리가 뚫린 채 비명조차 지르지 못하고 즉
사를 하고 있었고 그 광경을 보며 영국의 기사들은 전율을
느끼고 있었다.

"우리와는 차원이 다르다."

모두의 마음속에는 같은 생각이 들고 있었고 믿음직한
지후의 모습에 지금은 후퇴를 하지만 사기는 조금씩 올라
가고 있었다.

계속해서 지후의 황금빛 심검이 쏟아지자 몬스터들도 헌
터와 군인들에 대한 공격을 중지하고 던전이 있는 쪽으로
도망을 치기 시작했다.

양쪽 진영은 서로 후퇴를 했고 잠시나마 전장은 고요한
적막이 흘렀다.

지후는 2차 방어선에 도착해 월로드를 찾았다.

'패배감에 물들었군….'

월로드에게 가는 길에 보이는 광경은 결코 좋은 모습이 아니었다.

1차 방어선에서 도망친 군인들과 헌터들은 고개를 숙이고 있었고 부상자들의 비명이 곳곳에서 들려오고 있었다.

지후가 월로드가 있는 회의실에 들어가자 그 곳의 분위기도 좋지 않았다.

부기사단장은 한쪽 팔을 잃은 모습을 하고 있었고 고개를 숙인 채 들지 못하고 있었다.

제대로 된 치료조차 받지 않았는지 붕대의 틈에서 아직도 출혈이 보이고 있었다.

지후는 그 모습을 보다 손을 휘휘 저으며 지혈을 했고 부기사단장의 고개를 들게 했다.

"고개를 들어. 이게 너 하나의 탓이라고 생각하나?"

"하지만 제가 단장님이 오시기 전까지 제대로 지휘를…."

"착각하지 마. 그런 정신 상태라면 당장 돌아가. 너 정도 위치에 있는 놈이 고개를 숙이고 있는데 어떻게 전쟁을 치른단 말이지? 참도 아군들 사기가 올라가겠네. 지금 밖에 다들 어쩌고 있는 지 알아? 다들 너처럼 고개를 숙인 채 망연자실해 하고 있더군."

"죄송합니다…."

"당신 탓이 아니야. 누구도 예상하지 못했던 상황이었으니까. 뭐 스스로 탓하겠다면 말리지는 않을게. 하지만 나라면 분노하겠어. 그래서 동료들의 원수를 최대한 갚아주겠어. 고개를 숙일 시간에 체력을 회복하고 상처를 돌보겠어. 그래야 다시 전투가 시작 됐을 때 희생된 동료들의 넋을 위로할 수 있을 테니까."

지후의 말에 부기사단장은 남아있는 한 팔로 검을 꽉 움켜쥐었다.

"제가 경솔했습니다. 저는 이대로 떠날 수 없습니다. 비록 한 팔을 잃었지만 꼭 함께 전투를 하고 싶습니다. 무능한 지휘로 희생된 동료들의 몫까지 싸우겠습니다."

'눈빛이 돌아왔군.'

지후는 고개를 끄덕였다.

"그럼 일단 제대로 치료를 받고 뭐라도 먹어. 지금 상태로는 방해다. 시간이 없으니 빨리 나가봐."

부단장은 고개를 숙여 인사를 한 뒤 바로 문을 열고 나갔다.

'감사합니다. 지후님. 제게 스스로 명예를 지킬 기회를 주신 것. 비록 외팔이가 됐지만 다시는 물러서지 않을 것입니다. 언젠가 지후님께 이 은혜를 꼭 갚도록 하겠습니다.'

"감사합니다."

월로드는 부기사단장의 눈빛이 돌아온 것을 보고 조금이나마 위안이 되었다.

자신은 부단장의 모습을 보고 아무런 말도 하지 못했다.

그를 원망하지는 않았지만 어떤 말을 해야 할지 몰랐던 것이다.

월로드는 역시 지후는 자신과는 전혀 급이 다른 인물이라는 생각을 하며 지후에게 진심으로 존경심을 느꼈다.

'저런 사내를 모실 수 있는 월슨이 너무나 부럽군….'

처음으로 자신의 기사단장이라는 자리가 원망스러운 월로드였다.

"일단 모두 식사를 시키죠? 지금 당장 잠을 재울수도 없고 그나마 조금이라도 체력을 회복시키는 방법은 그것밖에 없을 것 같은데?"

"그렇게 하겠습니다."

"간단하게 먹이세요. 언제 쳐들어올지 모르는데 몸이 무거워 지는 것도 문제니까. 우리도 가볍게 먹죠."

2차 방어선에 있던 모든 군인과 헌터들은 식사를 마치고 자리로 돌아가 언제든 전투가 시작 되도 반응할 수 있도록 무기를 닦으며 긴장감을 유지하고 있었다.

크아앙!

갑작스러운 엄청난 흉성에 지진이라도 난 것처럼 땅이 흔들렸다. 모두의 귀에 소름 끼치는 흉성이 들려왔고 모두 그 흉성에 몸이 경직된 채 부들부들 떨고 있었다.

지후는 바로 밖으로 나갔고 다가오는 붉은 점이 눈에 들어오고 있었다.

붉은 점은 점점 커지며 2차 방어선과 가까워지고 있었다.

이곳에서 가장 강한 월로드와 세 사람마저 경직된 몸을 제대로 움직이지 못하고 있었다.

지후는 모두가 들을 수 있을 정도로 내공을 끌어올리며 사자후를 터뜨렸다.

"갈!"

지후의 사자후가 터지자 모두의 경직된 몸이 움직이기 시작했다.

하지만 모두 자신의 의지와 다르게 몸을 움직일 수 없었던 경험은 사기를 꺾어 놓았고 전투가 시작되기도 전에 물 먹은 솜 마냥 전신은 젖어버린 채 무거워져 있었다.

붉은 점은 순식간에 가까워졌고 형체가 눈에 들어올 정도의 거리에 착지했다.

드래곤은 높은 빌딩의 건물에 착지했고 섬뜩한 안광을 뿜내며 2차방어선을 내려다 봤다.

드래곤이 착지한 빌딩은 마치 막대사탕마냥 위태롭게 드래곤을 지탱하고 있었고 그 뒤편으론 흙먼지를 일으키며 다가오는 몬스터군단이 눈에 들어왔다.

그리고 그들은 드래곤을 지나쳐 2차 방어선을 향해 계속 진군했다.

지후는 공격을 하려다 잠시 주변을 돌아봤다.

다들 사기가 꺾일 대로 꺾인 모습이었고 이대로 전투에 돌입한다면 필패였다.

이대로 전투가 시작되면 필패라는 생각이 든 지후는 나서기는 싫었지만 당장 방법이 없다는 생각에 모두가 들을 수 있도록 내공을 실어 큰 소리로 연설을 시작했다.

'오랜만에 연설이네. 무림에서도 거의 안 했었는데. 어쩔 수 없지. 1차 전선이 그렇게 허무하게 밀려버릴 거라고는 나도 생각하지 못했으니까.'

"딱 한 마디만 하겠다.

나는 영국인이 아니다.

따라서 목숨을 걸고 이 나라와 너희를 지켜야 할 이유가 없다.

하지만!

영국과 나는 가족이 될 몸.

(지후와 영국이 가족이 된다는 말에 다들 의문을 표했다. 어떤 이는 윌슨을 친동생처럼 생각한다는 생각을. 어떤 이들은 지후가 공주와 결혼을 할지도 모른다는 지후가 영국을 버릴지도 모를 상상을 하며 듣고 있었다.)

가족이 슬퍼하는 모습을 보고 싶지는 않다.

이곳에 온 너희들 모두 가족을 지키기 위해서 나라를 지키기 위해 전장에 왔다고 알고 있다.

그런데 너희가 그렇게 두려움에 떨고 고개를 숙이고 있다면 이 나라를, 너희들의 가족을 지킬 수 있겠는가!

더 이상 이건 후퇴나 뒤가 있는 싸움이 아니야.

우리가 후퇴하는 순간 적은 우리의 가족을 씹어 먹을 것이고 이 나라를 멸망시킬 것이다.

도망을 가서 살아남는다 한들 가족을 잃고 집을 잃고 나라를 잃으면 무슨 의미가 있겠는가.

지켜라. 나는 내 목숨을 걸고 싸울 것이다.

너희들의 가장 앞에서 선두에 서서 싸우겠다.

뒤를 돌아보진 않겠다.

내 뒤는 당신들이 지켜줄 것이라 믿으니까.”

월로드는 자신이 해야 했을 일을 지후가 했지만 자존심이 상하진 않았다.

오히려 다시 아군의 사기를 높여준 지후에게 감사함이 들었다.

월로드는 지후처럼 하지 못한 스스로의 못남을 질책하며 지후에 대한 존경심을 키웠고 월슨에 대한 부러움도 커졌다.

월슨처럼 함께하지 못하기에 같이 전장에 선 이 순간이나마 많은 것을 배우고 두 눈에 세기기 위해 월로드의 눈은 지후에게서 떨어질 줄 몰랐다.

“이제부터 우린 진혼제를 할 것이다.

몬스터들의 비명소리와 그들의 피로 떠나간 동료들의 영혼을 위로할 진혼제를 할 것이다.

군악대는 모두 연주를 시작하라!”

군인과 헌터라는 연주자들은 모두 무기를 들며 몬스터를 연주할 준비를 순식간에 마쳤고 명령이 떨어지기만을 기다렸다.

"모두 공격!"

지후의 사자후가 전장에 메아리 쳤고 지후의 말에 영국의 헌터와 군인들은 언제 고개를 숙이고 있었냐는 듯 하늘을 뚫을 기세로 사기가 올랐고 함성을 지르며 돌진했고 탱크와 미사일들이 쉼 없이 몬스터들에게 쏟아져 나갔다.

"와아아아!"

"먼저 간 친구들의 복수를 할 때다!"

"우리가 그들의 가족까지 지켜야 해!"

점점 포격을 뚫고 달려오는 몬스터들의 모습이 가까워짐을 모두가 느낄 수 있었고 지후는 가장 선두에 서서 달려나갔다.

지후의 주변으론 황금빛 빛을 내는 검들이 두둥실 떠올라 있었고 지후는 몬스터들을 향해 외쳤고 그 말과 함께 심검들은 일제히 날아가며 굉음을 냈다.

"천검폭!"

콰앙! 쾅쾅쾅쾅! 콰아아아앙!

끊임없는 폭발소리가 연주의 흥을 띄웠고 헌터들은 함성을 지르며 지후와 함께 몬스터군단에게 뛰어들었다.

챙챙챙!

몬스터들과 헌터들의 검이 부딪치며 금속음이 들렸고 몬스터들의 비명으로 제대로 된 진혼곡이 연주되고 있었다.

레드드래곤은 빌딩의 옥상에서 큰 몸체를 약간 움직이며 선두에서 자신의 군대를 학살하고 있는 한 사내를 바라봤다.

"이 별에 저런 자가 있을 줄이야. 대단하군."

레드드래곤은 순수하게 감탄을 하고 있었고 지후와 눈이 마주치고 있었다.

서로가 서로를 느끼고 있었고 지후는 눈이 마주치자 빨려 들어갈 것만 같은 흉폭한 기운을 느낄 수 있었다.

"윌로드. 당장 마정석 미사일을 저 드래곤에게 모두 쏘라고 하세요."

"네. 알겠습니다."

윌로드는 지후의 말에 그 어떤 토를 달거나 하지 않았다.

지후가 하는 일에는 다 의미가 있다고 생각했기에 굳이 토를 달아서 지후를 방해할 생각이 없었다.

5분정도가 지나자 하늘엔 새때 같은 빼곡한 미사일이 드래곤을 향해 날아가고 있었고 제법 거리가 떨어져 있었지만 충격파에 대비를 해야만 했다.

"모두 충격파에 대비해!"

몬스터들과 싸우던 병력들이 일제히 방어태세에 돌입하며 몬스터들과 거리를 벌리고 있었다.

콰아앙! 쾅쾅쾅쾅!

엄청난 폭격소리와 충격파에 주변 건물들은 무너지고 있었고 앞이 보이지 않는 먼지폭풍이 모두를 덮쳤다.

폭음소리가 끝나고 충격파가 가시자 지후는 바람을 일으켜 먼지들을 걷어냈고 눈에 들어온 광경에 경악을 하고 있었다.

"어떻게…. 그 공격에… 생체기 하나 입지 않았다니…."

드래곤이 있던 주변과 건물은 흔적도 없이 사라져 있었지만 드래곤은 그 자리에 유유히 떠 있었다.

아무런 상처 없는 처음 봤던 온전한 그 모습 그대로.

"크아앙!"

드래곤의 포효가 전장에 울려 퍼졌고 지후는 저 소리가 어떤 영향을 미치는 지 아까 경험을 했었기에 사자후로 맞섰다.

"갈!"

드래곤은 자신의 권능을 한낱 인간이 막아내자 그 무거워 보이는 몸을 움직였다.

지후의 몸은 강한상대에 대한 호승심과 두려움으로 떨림이 일어나고 있었다.

드래곤은 아주 천천히 날개를 펄럭이며 이동하고 있었고 그것은 마치 기다려 준다는 것만 같다는 생각이 든 지후는 전신으로 내공을 개방했다.

'나를 우습게 보는 건가?

드래곤은 지후를 우습게 본 게 아니었다.

하등 쓸모없는 하찮은 자신의 군대가 저 대단한 인간과의 전투를 망칠지도 모른다는 생각에 치워지기를 바라며 천천히 움직이고 있는 것이었다.

지후는 얼마 남아있지 않은 몬스터들에게 심검을 난사한 후에 팔찌에 있는 내공을 흡수했다.

드래곤과의 싸움은 자신도 예상할 수 없었기에 베스트의 상태로 맞이해야 했기 때문이다.

지후는 뒤를 돌아보며 윌로드와 윌슨에게 후퇴를 명했다.

"모두 잘해줬다. 이제부턴 내 몫이야. 전원 후퇴해!"

하지만 윌로드와 윌슨은 그럴 수 없다는 듯이 지후와 함께 싸우기를 희망했다.

"윌슨 당장 모두 데리고 후퇴해!"

"하지만 형님….'"

듣고 있던 군인과 헌터들은 모두 하늘로 검을 들며 한마디씩 하고 있었다.

"지후님! 저희도 함께 싸우겠습니다."

"저희의 나라입니다."

"저희가 지켜야할 가족입니다."

'훈훈하네.'

"그 마음은 고맙게 받지. 하지만 물러서야 할 때를 아는 것도 중요하다. 이제는 후퇴를 해도 좋은 시기다. 너희 모두가 나를 도와 달려든다 한들 사망자만 늘어날 뿐이다.

너희들의 몫까지 내가 싸우겠다. 그리고 너희의 나라와 가족을 지키도록 하지."

'이게 지키기 위해 싸우는 거란 말인가?'

그 어느 때보다 지후의 기분은 좋았고 웬지 모르게 드래곤과의 싸움에서 질 것 같다는 생각이 들지 않았다.

"나를 믿어라. 혹시라도 내가 이기지 못한다면 그 때 내 복수를 너희에게 부탁하지. 윌로드, 윌슨 어서 모두를 이끌고 퇴각해!"

윌슨은 잘 알고 있다.

지난번 마족과의 싸움에서 충분히 느꼈다.

자신들이 방해라는 것을.

나약한 자신에게 이가 갈렸지만 언젠가 꼭 지후의 곁에 당당히 서겠다며 주먹을 꽉 쥐고 다짐하며 모두에게 후퇴를 명했다.

몬스터군단은 모두 죽고 영국군과 헌터들이 모두 퇴각하자 전장을 고요함을 되찾았다.

천천히 날아오던 드래곤은 인간들의 군대가 어느 정도 사라진 것을 확인하자 순식간에 거리를 좁혀왔다.

잠시 지후의 머리카락이 휘날리는 바람이 불었고 드래곤은 지후의 앞에 사뿐히 착지하고 지후를 내려 보고 있었다.

그 모습을 보고 지후는 역시나 자신의 생각이 맞았다는 것을 알 수 있었다.

'눈높이가 영 맘에 안 드네. 목 아프게.'

지후는 드래곤과 눈높이를 맞추기 위해 드래곤의 머리가 있는 곳으로 천천히 날아올랐다.

"역시 기다리고 있었던 건가?"

"인간이 내 피어를 막을 거라고는 생각을 하지 못했는데 자네는 막아내더군. 그래서 자네에 대한 예의를 갖춘 것뿐이라네. 우리의 싸움을 하찮은 것들이 방해하는 건 마음에 들지 않았으니까."

음의 고저가 없는 묵직한 음성만이 지후의 뇌리를 강타했다.

"쳇. 친절도 하군."

'실제로 보니 위압감이 장난이 아니야. 저놈에 비하면 카이온은 별것도 아니었어.'

"나는 레드드래곤 팔로스다. 인간이여 그대의 이름은?"

"이지후."

"이지후라… 내 꼭 기억해 주지. 파수꾼 생활을 하며 그대만한 강자는 처음 보는군."

"나도 놀랐어. 드래곤이 함정이라니. 내가 생각했던 상상속의 드래곤과는 다르군."

"나를 자극하려고 해도 소용없다. 인간이여. 그대는 범상치 않은 존재로군. 지금의 나와 대등해. 내가 비록 약해

졌다고 하지만 파수꾼을 하며 너와 같은 인간을 본적이 없
거늘. 인간이지만 내 인정을 받을 만해."

'나를 동등하게 봐준다고? 그냥 카이온처럼 오만하게 굴
고 방심해 주는 게 좋은데… 너한테 그딴 인정 받아봐야 하
나도 안 좋거든.'

"내가 상상하던 드래곤이랑 당신은 너무 다른데? 좀 오
만하고 자신 외에는 벌레취급하고 그럴 줄 알았는데."

"그랬던 시절도 있었지. 그저 힘으로 찍어 눌렀던. 그럼
뭐하겠는가? 중간계의 조율자라며 오만하게 군림했지만
우리는 패배했다. 우리는 어리석었지. 그랬기에 신들이 그
저 청소를 한다고 생각했지. 그 대상에 우리까지 포함되어
있을 거라고는 생각도 못했어. 우리는 신의 대리인이라고
철썩 같이 믿고 있었으니까. 신에게는 우리나 너희나 같은
모양이더군. 결국은 힘도 빼앗기고 지금은 파수꾼 노릇이
나 하는 신세가 되었지."

"그게 무슨 소리지? 이왕 친절한 김에 자세히 얘기 좀 해
주지? 난 대체 몬스터들이 우리를 왜 공격하는지도 모르겠
거든. 그리고 지금 네 힘이 전부가 아니란 말인가?"

"넌 내가 인정한 인간이다. 나와 대화할 자격이 충분하
지. 만약 내가 본래의 힘을 갖고 있었다면 너와 내가 이렇
게 대화를 할 일도 없었겠지. 지금이야 내가 힘을 잃어 너
와 동등하다고 하지만 엄연히 드래곤과 인간은 격이 다른
존재다. 뭐 다 옛날이야기지만. 누군가와 이렇게 대화를

한다는 것도 참 오랜만이군. 그래 궁금한 게 뭐지?"

"대체 왜 갑자기 몬스터들이 지구에 쳐들어 온 거지? 왜 우릴 공격 하는 거야?"

"신들의 유희랄까? 분노랄까? 이거 대체 어디서부터 설명을 해줘야 하지. 우주라고 해야 할까? 너희 세계의 지식을 접한 지 오래되지 않아 너희가 알만한 단어를 잘 모르겠군. 알아서 듣도록. 전 우주, 아니 전 차원의 신들은 분노했지. 한낱 피조물들이 건방을 떨었으니. 건방지게 신들에게 대적하고 다른 차원을 공격하며 차원의 질서를 어지럽혔지. 그래서 신들은 생각했지. 아무리 창조를 할 수 있는 신들이라도 지금 전 차원적으로 너무나 많은 생명체가 있었거든. 포화상태였다고나 할까? 그랬기에 한낱 피조물들이 다른 차원을 습격하는 일이 생겼다고 생각했지. 그래서 신들은 정화를 하기로 마음먹었고 그렇게 시작된 게 차원전쟁이지. 사실 신들은 마음만 먹으면 언제든 손가락 하나로 차원들을 정화할 수 있었거든. 그런데 그렇게 하지 않았지. 신들은 무료한 영생에 여흥을 즐기기로 했지. 지구의 말로는 게임이랄까? 각 신들은 자기가 관리하는 차원이나 별의 지적생명체에게 알기 쉬운 형태로 능력을 줬지. 그 능력으로 서로 죽고 죽이는 차원전쟁을 하라고."

"그럼… 지구도?"

'그래서 헌터가 생긴 건가….'

"이제 이해를 좀 했군. 지구도 지금 차원전쟁을 시작한 상태지. 그리고 중요한 점은 전쟁에서 패하면 그 별은 소멸하고 너희가 말하는 몬스터들처럼 아무 지능도 없이 살육과 본능에 휩싸인 채로 다른 전쟁터에 투입되어 죽기 전까지 싸우게 된다. 물론 너라면 다르겠지. 아마 자네가 이 지구라는 별에서 가장 강하겠지? 그렇다면 아마 자네도 나처럼 파수꾼이 되겠군."

"내가 파수꾼이 된다고? 파수꾼이 대체 뭐지?"

"전쟁에 패배한 차원의 가장 강했던 존재다. 유일하게 지능을 유지할 수 있는 존재지. 하지만 그렇기에 더욱 그 짐은 무겁고 괴롭지. 자신의 동료가, 가족이 이지를 상실한 채 싸우고 죽어가는 모습을 지켜만 봐야 하니."

"그럼 신들과 싸우면 되지 않아?"

"파수꾼이 되면 여러 금제가 가해진다. 파수꾼들은 각 차원을 침략해야 하는 의무가 주어지고 오직 그런 식으로만 힘을 쓸 수 있다. 그리고 자살을 꿈꿀 수도 없지. 언제나 파괴활동에 최선을 다하도록 금제가 가해졌고 자살도 할 수 없도록 금제가 되어있거든."

'그래서 카이온이 더 이상 지킬게 없다고 했던 건가?'

"내가 파수꾼이 되고 가장 바라던 게 뭔지 아나? 나를 꺾을 강자가 나타나길 진심으로 바랬지. 내가 파수꾼으로서 전력을 다해도 나를 죽여주기를… 아직까지 그런 존재는 만나보질 못했지만. 하지만 난 오늘 자네에게 희망을 봤네. 나와 동등한 힘을 가진, 내가 인정할 만한 존재를 만난 건 처음이거든."

'지능이 있기에…. 더욱 괴로운 거로군. 저 놈을 내가 이긴다고…?'

"이 전쟁을 막을 방법은 없나?"

"있다. 하지만 불가능하다."

"그게 뭐지?"

"불가능 했다고 했을 텐데?"

"넌 나를 인정한다고 하지 않았어? 넌 내가 널 죽여주기를 바라고 있지. 애초에 넌 내가 널 죽여줄 수 있다고 생각하는 것 자체가 나에게 가능성을 본 게 아닌가?"

"하하하. 정말 재미있군. 오랜만의 대화가 이렇게 유쾌하다니. 넌 정말 대단하군. 역시 내가 인정한 인간답군."

"기분 나쁘게 비웃지 말지? 그리고 넌 뭘 모르는 것 같은데. 인간에게 불가능이란 없어."

"비웃으려던 건 아니었는데. 기분이 나빴다면 사과하지. 하지만 종마다 한계는 명확하다. 아마 인간으로서 넌 오를 수 있는 최고의 경지에 올라있는 걸 테지."

'아니야. 분명히 더 높은 경지가 있다. 난 그 경지에 꼭 오를 것이다. 자연경이든 뭐든 얘기가 전해진다는 건 실제로 그런 사례가 있었기 때문일 가능성이 커.'

"자네가 할 수 있는 일은 아마도 파수꾼이 되어 자네의 별이 파괴되었던 걸 갚아주는 것뿐이겠지. 다른 별을 파괴하며 말이야. 난 그런 경우를 종종 봤거든."

"차원전쟁인가 뭔가를 막을 방법이나 말하지?"

"알려주는 거야 어렵지 않지. 다른 파수꾼을 죽여 봤나?"

지후는 고개를 끄덕였다.

"우리 파수꾼을 죽이면 꽤나 유용한 게 나오지. 하지만 뭐가 나올지는 우리도 몰라. 신들이 판단하기에 발악정도는 할 수있을만한 걸 챙겨준다더군. 그걸 잘 모아보도록 하게. 각 차원에는 10명의 파수꾼이 파견되지. 나도 그 중 하나고. 나와 같은 열의 파수꾼을 모두 죽이면 파괴자가 나타나지."

"파괴자라고? 내 차원은 파괴자를 만나지 못하고 파수꾼에게 멸망했네. 파괴자에 대해서는 잘 알지 못하네. 그저 다른 파수꾼에게 스치듯이 지나가듯 들었던 얘기일 뿐이니."

"그거라도 말해주지?"

"파수꾼과 파괴자의 격이 다르다는 것 정도? 직접 본 게 아니라서 모르겠지만 나 본래 힘으로도 감당이 힘들 거라는 정도? 파수꾼 열이 덤벼도 파괴자 하나에겐 상대도 안 된다더군."

"젠장… 더럽게 세군."

"내가 아까 자네가 파수꾼이 될 거라고 장담했지? 그 이유가 뭔지 아나? 파괴자 중에서도 최강이라고 소문이 자자한 파괴자가 이 별에 와있다더군. 그가 아직 나서지 않은 이유는 모르나 결코 너희에게 좋은 징조는 아니겠지. 그는 이미 수많은 차원을 멸망시킨 존재. 그 또한 우리처럼 신들에게 부림을 받지만. 그는 처음부터 자신이 원해서 파괴자가 됐다는 말이 있더군. 자신이 스스로 파괴자가 되어 본인의 차원을 파괴했다더군."

"미친…."

"이제 내가 알고 있는 모든 걸 알려줬다. 이젠 궁금증도 어느 정도 풀린 것 같으니 대화는 그만하도록 하지. 파수꾼인 내 본능이 더 이상 대화는 힘들다고 반응하는 군."

지후도 알겠다는 듯이 고개를 끄덕였고 전신의 내공을 개방했다.

팔로스는 앞발인지 손인지도 모를 것을 휘둘렀고 엄청난 파공음을 내며 지후를 찢어발길 듯이 쇄도해 왔다.

파아앙!

소닉붐이 일어나듯 공기가 터져나가는 소리와 함께 지후의 지척에 도달한 공격을 지후는 이형환위로 겨우 피해냈다.

피했음에도 엄청난 바람이 불어 왔기에 지후는 균형을 잡기 위해 애를 썼다.

팔로스가 숨을 쉬는 것만으로 주변의 공기가 뜨거워지고 있었고 주변은 열기로 인해 아지랑이가 피어나고 있었다. 현경에 올라 체온조절이 가능했던 지후였지만 지후의 몸은 비가 오듯이 땀을 흘리고 있었다.

지후의 두 주먹에도 황금빛 기운이 아지랑이 피듯 피어올랐고 주변엔 성스러운 금빛을 머금은 듯한 심검들이 무수히 떠오르고 있었다.

콰앙! 쾅 쾅쾅!

본격적으로 지후와 팔로스의 격돌이 시작되자 엄청난 폭발소리가 들렸고 진진이라도 난 것 마냥 땅은 울음을 토해냈고 남아있던 건물들은 충격파에 무너져 갔다.

팔로스는 거구 임에도 불구하고 엄청나게 빠른 몸놀림으로 지후와 공방을 주고받고 있었다.

"익스플로전!"

지후의 주변으론 엄청난 폭발이 일어났지만 지후는 상처 없이 잘 피해낼 수 있었다.

지후의 눈에는 팔로스가 공격할 위치가 선명하게 나타났고 카이온을 죽이고 얻은 아이템이 정말 엄청난 것이었다는 사실을 체감할 수 있었다.

하지만 아무리 눈을 껌뻑이며 팔로스를 바라봐도 저 엄청난 크기의 몸에는 약점이 표시되지 않았다.

그랬기에 일단 지후도 무차별적으로 팔로스에게 공격을 난사하기 시작했다.

공격을 하다보면 약점이 생길 수도 있다는 생각을 했기 때문인데 그 예상은 보기 좋게 빗나갔다.

'씨발 뭐야…. 심검으로도 약간의 생체기 뿐인가? 그마저도 바로 재생이라니….'

"하하하! 드래곤은 마력생명체다! 몸 안에서 끊임없이 마력을 만들어내지. 내 너를 인정은 했지만 아무래도 나를 쓰러뜨려줄 대상은 아니었던 것 같구나."

"프로미넌스."

팔로스는 지후의 공격이 큰 위협이 되지 않자 흥미를 잃었는지 더 이상 목소리에선 어떤 높낮이도 없었다.

초고온의 화염구가 지후를 향해 덮쳐 왔고 지후는 전력을 다한 빙백신장으로 응수했다.

콰아아!

초고온의 화연구와 초저온의 빙백신장이 부딪히자 엄청난 폭발음과 함께 뿌연 안개를 형성했다.

지후는 충격파를 피하기 위해 이형환위로 순식간에 팔로스의 뒤로 이동했다.

팔로스의 몸을 이용해 충격파를 피하고 동시에 공격을 할 생각이었다.

"블링크."

팔로스는 순식간에 지후의 뒤에서 나타났고 지후에게 마법을 날리고 있었다.

워낙 순식간에 이루어진 공격이었기에 지후는 피할 틈이 없었고 호신강기를 펼쳤다.

"파이어 월. 플레임 레인."

순식간에 지후의 앞에는 불의 장벽이 나타났고 하늘에서는 화염의 비가 쏟아지고 있었다.

쾅쾅쾅쾅! 쾅! 쾅쾅쾅!

지후에겐 연속적으로 엄청난 공격이 쏟아졌고 지후는 계속된 공격에 호신강기에 더욱 내공을 주입했다.

"좀 딜레이를 가지고 쓰라고! 뭐 이리 쉴 틈 없이 공격을 쏟아내! 숨 쉴 틈은 줘야 할 것 아니야! 이 도마뱀 새끼야!"

"뭐 도마뱀? 감히 레드드래곤인 나 팔로스에게 도마뱀이라고!"

전투에 돌입한 뒤로 처음으로 팔로스의 음성에 변화가 생겼고 도마뱀이라는 말에 화가 난 팔로스는 역정을 내며 공격을 이어갔다.

◈

"헬 파이어!"

간신히 호신강기로 공격들을 막아냈건만 더욱 강한 공격이 이어지니 지후는 빈정이 팍 상해서 이판사판이라는 마음으로 팔로스의 얼굴로 이형환위를 펼쳤다.

모든 것을 태워버린다는 지옥의 불길이 지후를 향해 뻗어져 왔고 지후의 눈에서는 팔로스의 공격을 피하는 길이 떠올랐고 그 길로 셀 수 없이 이형환위를 펼치며 팔로스의 바로 앞까지 다가갔다.

이형환위를 멈추자 팔로스의 얼굴 바로 앞이었고 팔로스의 도마뱀 같은 눈동자가 지후와 마주했다. 지후는 그 눈동자를 바라보자 전신이 경직되어 가는 듯한 기분을 느꼈다.

"건방지게 도마뱀 따위가 나를… 갈!"

지후는 팔로스와 눈이 마주하자 위축되는 스스로에게 화가 나서 이를 갈며 사자후를 터뜨렸다.

지후는 울컥하며 핏물을 토해내고는 다시 한 번 팔로스의 눈동자를 마주 봤다.

팔로스의 눈동자에 미세한 떨림이 보였고 지후는 황금빛 주먹을 치켜들었다.

팔로스는 많이 놀랐다. 드래곤 아이에 저항하는 인간이 있다니.

이건 동등하고 하지 않는 걸 떠나서 드래곤이라는 종의 권능이었고 드래곤보다 하등 생명체인 인간이 풀어낼 수 있는 문제가 아니었기 때문이다.

지후는 팔로스의 오른쪽 눈을 향해 황금빛 주먹을 휘둘렀다.

'천왕삼권 제 이식. 천지개벽!'

지후의 주먹이 팔로스의 오른쪽 눈을 쳤고 그 순간 팔로스의 안구가 터져나갔고 팔로스는 몸부림을 치기 시작했다.

팔로스의 머릿속을 진공상태로 만들며 공격이 이어졌지만 팔로스가 발버둥을 치는 바람에 지후는 공격을 이어가지 못했다.

"끄아악! 이 자식이! 체인라이트닝!"

"끄아악!"

팔로스와 지후가 거의 동시에 비명을 지르며 나가떨어지고 있었고 둘 다 바닥에 누워 몸을 부르르 떨고 있었다.

지후의 몸 곳곳엔 검게 그을린 흔적이 보였고 옷은 걸레가 되어 너덜거리고 있었다.

'갑옷하나 장만한다는 걸 깜빡했네. 쓰벌. 그 많은 아이템을 괜히 다 팔았나. 좀 남겨둘걸.'

지후의 몸에선 연기가 나오고 지후는 투덜거리며 걸레가 된 옷자락을 찢어 던져버리고 있었다.

둘 다 공격을 주고받았지만 충격은 팔로스가 더욱 컸다.

안구가 터지며 내부로 공격이 들어갔기 때문이다.

팔로스는 거구의 몸을 비틀거리며 일으키고 있었다.

팔로스의 안구가 있던 자리는 무저갱이라도 되는 듯이 끝이 없는 구멍이 뚫려 있었고 얼굴에선 피를 뚝뚝 흘리고 있었다.

팔로스는 혼란스러웠다.

지후의 공격으로 인해 뇌를 다쳐서 그렇게 된 건지는 모르겠지만 치명상을 입고나자 광기에 물들고 있었다.

그토록 죽음을 바랬지만 막상 죽을 것만 같은 고통을 겪고 나니 분노가 치밀어 올랐다.

아까까지는 지후를 인정하고 있었던 팔로스였지만 지금은 전신에 불길이 일어나며 분노가 치밀어 올랐다.

"크아악! 하찮은 인간 따위가!"

"아까까진 인정한다며! 한 대 맞더니 말 바꾸는 거 봐라. 이래서 도마뱀은 안 돼."

"이런 건방진 자식! 오냐! 오늘 내 한이고 나발이고 꼭 너를 찢어 죽여주마!"

레드드래곤인 팔로스가 숨을 들이 삼키듯 하자 갑자기 복부가 팽창했고 입안으로 엄청난 기운이모였다.

지후는 팔로스의 입안에 엄청난 고열과 마력이 뭉쳐지는 것이 느껴지자 전신의 내공을 끌어 올렸다.

'그동안 공격이랑은 차원이 다른 공격이다.'

"내 최고의 공격이다. 어디 막아봐라! 브레스!"

팔로스의 음성이 지후의 뇌리를 강타했고 곧 팔로스의 입이 열렸다.

팔로스의 입이 열리자 고열의 화염 브레스가 뿜어져 나왔고 닿는 순간 모든 걸 녹여버릴 것만 같은 후끈한 열기가 느껴졌다.

지후를 향해 정면으로 날아왔고 지후는 도저히 막을 수 없다는 생각에 브레스를 쳐내기로 마음먹고 주먹을 올려쳤다.

'천왕삼권 파천!'

지후의 궁극기중 하나인 파천이지만 브레스가 워낙 강했기에 겨우 방향을 바꾸는 게 전부였고 날아간 브레스는 다행히도 영국령 중 인구가 500도 안 되는 작은 섬을 강타했다.

그 섬은 지도에서 순식간에 사라졌고 엄청난 해일을 일으켰다.

브레스를 쳐낸 지후의 주먹은 검게 익어 있었고 그 주먹은 충격에 부들부들 떨리고 있었다.

'저건 아무리 생각해도 호신강기로도 못 막았을 것 같은데….'

지후는 잠깐 든 생각에 오한이 드는 것만 같은 떨림을 느꼈다.

몸은 가늘게 떨고 있는데 전신은 땀으로 범벅이 된 아이러니한 모습이었다.

분노를 토해낸 건지 화火를 토해낸 건지 팔로스는 차분하게 지후를 내려다보고 있었다.

마력생명체인 드래곤답게 내부도 빠르게 회복 됐고 이성을 되찾은 상태였다.

하지만 안타깝게도 우측 안구는 재생되지 않았고 안구 없이 재생이 되어 한쪽 눈을 감은 듯한 모습이었다.

"정말 대단하군. 내 최고의 공격을 막아내다니."

"뭐 막아낸 건 아니지. 빗겨가게 한 것뿐이니까."

"그것만으로도 정말 대단하다. 진심으로 너를 인정한다. 이지후."

'아까도 인정한다며? 아깐 그럼 구라로 인정했냐?'

"그대는 내가 인정한 인간. 자부심을 갖아도 좋다."

"그거 참 영광이군."

"꼬였군. 난 정말 진심이다. 그렇게 비틀리게 받아들이지 말았으면 좋겠군."

"죽일 듯이 싸우다가 갑자기 인정이니 뭐니 하면서 이런 대화를 하는 것도 웃기지 않아?"

"들어보니 그것도 그렇군."

"그러니까 잡설은 그만하자고!"

지후는 다시 주먹을 쥐고 팔로스에게 돌진했다.

지후가 땅에 한걸음 내디딜 때마다 땅은 지진이 난 것처럼 흔들렸고 돌덩이들이 튀어 올랐다.

지후가 뿌리는 심검들과 주먹은 끊임없이 전신을 두들겼다.

지후는 약점을 찾기 위해 끊임없이 두들겼지만 결국 약점을 찾지 못했다.

눈을 다시 노려볼까 생각도 했지만 한 번 당했던 공격에 대한 대비였는지 드래곤의 왼쪽 눈에는 앱솔루트 실드가 펼쳐져 있었기에 지후가 날려 보낸 심검들을 모두 쳐내고 있었다.

지후와 팔로스의 공격이 계속되자 주변은 어느새 열기에 익어서 녹아내리고 있었고 곳곳엔 불길이 솟아 있었다.

하지만 지후는 팔로스만을 상대하기도 벅찼기에 그런 것에 신경을 쓸 여유가 없었다.

드래곤의 손톱을 피할 때마다 풍압에 살이 찢어 질것만 같은 기분이 들었고 열기로 인해서 지후의 몬스터 사체로 만들어진 신발이 녹아내리고 있었다.

다시 한 번 팔로스가 브레스를 뿜어내려고 하는 것을 느끼곤 지후는 다급하게 팔로스의 얼굴로 향했다.

'눈이 안 된다면!'

팔로스는 지후가 자신의 왼쪽 눈을 노린다고 생각했다.

그랬기에 눈에 앱솔루트 실드를 이중으로 펼쳤고 지후가 눈을 공격하면 그때 지후에게 브레스를 뿜을 생각이었다.

"폭렬권!"

지후가 기합을 내지르며 공격을 날렸고 그 모습에 팔로스는 고소를 지었다.

"걸렸다! 여기까지다. 인간!"

팔로스도 타이밍을 맞춰 브레스를 뿜으려 숨을 들이켰고 브레스가 입안으로 모였다.

공격을 받음과 동시에 입을 열 계획이던 팔로스는 브레스가 아닌 신음소리를 뱉어냈다.

지후의 폭렬권은 팔로스의 눈이 아닌 콧구멍에 들어가서 폭발했고 그 폭발의 여파로 인해서 브레스를 뿜어내려고 모아놓은 마력이 엉키며 내부에서 충돌했기 때문이다.

"크억!"

팔로스는 재빨리 마력을 진정시켰지만 내부에서 화염이 충돌하며 내상을 입을 수밖에 없었다.

신음과 함께 팔로스의 입에서는 불길이 살짝 일어났다.

"이런 미친! 인간!"

팔로스는 자신의 콧구멍을 통해 내부를 헤집어놓은 지후의 공격에 다시 한 번 분노했고 빠르게 치료마법을 펼치고 있었다.

"나를 이토록 고생시키다니…."

"왜 그래서 인정한다고 말하려고?"

"……."

"대박…."

들리자 않을 만큼 작은 목소리였지만 기감을 최대로 펼치고 있는 팔로스와 지후의 귀에는 똑똑히 들렸고 팔로스와 지후의 고개가 목소리가 들렸던 방향을 향해 돌아가고 있었다.

지후는 눈에 들어오는 인간들을 보며 욕이 튀어 나왔다.

"미친…. 이 빌어먹을 것들이! 지난번에도 그러더니 또 말을 안 들어!"

팔로스는 기회라는 생각에 계속 회복마법을 펼치며 내상을 다스렸다.

지후가 바라 본 곳에는 들켰다는 얼굴을 하고 있는 윌슨과 윌로드, 아영과 소영이 있었다.

"하 정말 더럽게도 말을 안 듣네… 오늘은 또 왜 돌아왔어!"

지후의 화가 난 듯한 음성에 아영과 소영은 고개를 숙였다.

아영과 소영은 그저 지후가 걱정되어 왔을 뿐이었다.

혹시나 안 좋은 상황이 온다면 자신들의 몸이라도 날려서 지후를 구하겠다는 죽게 된다면 함께 죽겠다는 유치한 생각을 하며 돌아와 있었다.

지후의 분노한 음성에 결국 월로드가 대표로 입을 열었다.

"이건 저희 영국의 일입니다. 비록 도움이 되지는 못하지만 도망을 친 왕자로 기억되고 싶지는 않습니다. 그리고 지후님의 전투를 제 두 눈에 담고 싶었습니다."

지후는 월로드의 비장한 눈빛에 살짝 기선제압을 당했다.

'그래…. 너희 나라의 일이었지….'

"할머니한테 내가 지수 혼수 힘들게 준비했다고 꼭 전해드려요. 그리고 네 사람 돌아가서 보자고. 내가 한 번 말해서 못 알아듣는 사람들을 얼마나 싫어하는지 알지? 당장 내 눈에 안 보이는 곳으로 가서 숨어있어."

네 사람은 정말 빠른 속도로 지후와의 거리를 벌이며 숨었다.

들킨 이상 어쩔 수 없었다. 최대한 멀리 떨어지는 수밖에.

어차피 충격파가 워낙 어마어마해서 가까이에서는 눈을 뜨고 있기도 힘들었다.

지후가 다시 팔로스에게로 고개를 돌리자 팔로스도 어느 정도 치료가 됐는지 치료마법을 중지하고 지후를 바라봤다.

"내가 저들의 도움을 받았군. 자네는 좋은 기회를 잃었어."

"뭐 어쩔 수 없지."

"이제 슬슬 마지막 결전을 치르는 게 어떻겠나? 서로 더 볼 것은 없을 것 같은데."

"그러던지. 근데 넌 기술이 바닥났나 봐? 난 아직 보여주지 않은 게 많은데."

팔로스는 지후의 말에 움찔했다.

'아직도 실력을 숨기고 있었다고? 정녕 이 인간이 오늘 나를 죽여줄 존재란 말인가?

"아! 잠깐만!"

지후는 팔로스에게 손을 들더니 네 사람이 있는 곳으로 달려갔다.

쾅!

지후가 발을 구르자 지후가 딛고 있던 땅이 튀어 올랐고 돌무더기가 팔로스의 얼굴로 날아갔다.

지후는 곁눈질로 날아간 돌무더기를 살폈고 한 숨을 쉬었다.

'이제 얼굴 전체에 실드를 두른 건가?'

팔로스도 생각했다.

'약아 빠진 녀석. 그렇기에 나를 죽여줄 가능성이 높은 거겠지. 하지만 이제 더 이상 약점은 없다. 보여 봐라. 인간.'

지후는 네 사람에게 도착했고 월슨에게 불의 우산을 내놓으라고 말하고 있었다.

"형님. 갑자기 제 무기는 왜?"

"달라면 주지 말이 많아!"

"다른 사람들 무기도 많은데…."

"내가 달라는 거야? 빌려달라는 거지! 그리고 나도 네 무기 지분 있다! 그거 원래 내거였고 내가 강화했거든. 넌 말이 너무 많아! 저 놈이 레드드래곤이라 불이 주 무기야! 네 무기도 불이지! 그러니까 상성상 불의 우산이 맞아."

"같은 상성이니까 오히려 의미가 없…."

퍽!

"바쁜데 짜증나게 하고 있어 새끼가."

결국 지후에게 복부를 얻어맞고 나서야 월슨은 무기를 지후에게 빌려주었고 지후는 우산을 들고 다시 팔로스에게 향했다.

왜 월슨의 무기가 필요했냐고?

상성? 지랄. 그냥 개소리지.

"자 이제 마지막이다! 서로 최고의 기술로 겨뤄보자고! 꼭 내 염원을 이뤄주기를 바라지. 그렇다고 내가 약하게 할 거라는 생각은 버리게. 금제 때문에 난 최선을 다 할 수밖에 없으니."

"거 참 편리한 금제네."

팔로스는 전신의 마력을 쥐어짜는 듯이 이전까지와는 다른 엄청난 마력을 브레스로 쏘기 위해 모르고 있었고 지후는 그 앞에서 하늘을 향해 양팔을 벌리고 단 하나의 심검을 생성하고 있었다.

지후의 심검은 계서 커져서 어느새 드래곤의 몸 집 만큼이나 커져있었다.

"죽어라!"

지후는 고함을 지르며 심검을 내리쳤다.

팔로스도 지후의 엄청난 마력을 느끼고 브레스를 뿜어내기 위해 입을 씰룩이고 있었다.

근데 갑자기 심검과 함께 지후가 눈앞에서 사라졌다.

그리고 생각하지 못했던 곳에서 지후의 음성이 들렸다.

"마지막이다! 뒈져버려!"

"뭐, 뭐야! 끄아악!"

지후는 팔로스의 외부는 아무리 공격해도 의미가 없다는 사실을 지속된 전투로 알고 있었다.

방법은 그동안 두 번의 치명상을 입히며 성공했던 내부에 있었다.

'답은 내부다. 그렇기에 내 눈으로도 약점을 찾을 수 없는 거겠지. 이제 내부를 공격하는 방법은 단 하나!'

그랬기에 작전을 생각했다.

지후는 윌슨에게 가기 전 돌무더기를 날리며 팔로스의 얼굴에 실드가 펼쳐져 있는 것을 확인했다.

사실 그건 페이크였다.

팔로스가 얼굴방어에 정신을 쏟을 수 있도록 하기 위한.

그리고 윌슨에게 우산을 받아 지후는 분신술을 펼쳤다.

지후는 땅속으로 분신은 팔로스의 앞으로.

다행히도 팔로스는 지후의 조잡한 분신술을 눈치 채지 못했다.

하지만 자세히 본다고 눈치 챌 만큼 조잡스럽지도 않았다.

특히 마력에 민감한 드래곤이었기에.

지후는 거의 대부분의 내공을 분신에 투자했다.

팔로스는 마지막 공격이기에 자신의 마력에 집중했고 지후의 거대한 심검을 보며 어떤 공격이 날아올지 대비하는 것에만 정신이 쏠려있었다. 자신의 안면에 겹겹이 실드를 치면서.

그 예상은 너무나 빗나가고 말았다.

검을 휘두르던 지후는 자신의 눈앞에서 갑자기 사라졌고 자신의 발아래에서 목소리가 들려왔다.

"마지막이다! 뒈져버려!"

"뭐 뭐야! 끄아악!"

팔로스는 발버둥 치며 울음인지 비명인지 모를 소리와 함께 고개를 치켜들고 하늘을 향해 붉은 섬광을 토해냈다.

땅속에서 튀어나온 지후는 팔로스의 항문에 윌슨의 불의 우산을 찔러 넣었고 분신과 심검에 투자했던 내공은 다시 본신의 지후에게 돌아와 있었다.

불의 우산을 통해 지후는 천왕삼권 중 제 일식인 파천을 쏘아 보냈고 상승된 공격력과 관통력, 그리고 화염이 어우러진 공격은 팔로스의 내부를 난장판으로 헤집어 놓았다.

지후는 거기서 멈추지 않았다.

팔로스에게 회복불능의 상처를 입혀야만 했다.

이번에 막히면 더 이상 내부를 공격할 방법이 없었기에.

"벌어져라!"

"끄아악!"

지후는 팔로스의 항문에 찔러 넣은 우산을 펼쳤다.

우산이 펼쳐지자 지후는 침투경을 이용해 우산 너머로 천왕삼권 중 제 이식인 천지개벽을 펼쳤고 팔로스는 참 더러운 최후를 맞이하게 되었다.

팔로스의 내부와 드래곤의 생명의 원천이라는 드래곤 하트까지 내부의 모든 게 지후로 인해 파괴 됐고 팔로스는 하늘을 향해 비명을 토해내다 바닥으로 쓰려졌다.

쿠우우우우웅!

팔로스의 육중한 몸이 쓰러지자 풍압과 함께 흙먼지가 일어났다.

지후는 펼치고 있던 우산을 접으며 팔로스의 항문을 빠져나왔다. 전신의 내공을 다 쥐어짜낸 공격이었기에 지후도 겨우 비틀거리며 걸을 수 있었다.

우산을 지팡이 삼아 걸으면 됐지만 지후는 우산을 한쪽으로 던져 버렸다.

뭔가 이상한 냄새가 나는 것도 같았고 찝찝한 기분이 들었기 때문이다.

세 사람은 지후의 공격에 경악했고 결국 드래곤을 쓰러뜨리자 환호성을 지르며 지후를 향해 달렸다.

윌슨은 울상을 지으며 지후가 던져버린 자신의 무기를 향해 달려갔다.

지후는 비틀거리며 팔로스의 얼굴 앞으로 다가갔다.

아직 완전히 숨통이 끊어지진 않은 팔로스였다.

미세하게 몸이 떨고 있었기 때문에 지후는 아직 팔로스가 죽지 않았다는 사실을 알고 있었다.

팔로스가 힘겹게 한쪽 눈을 뜨며 지후를 바라보았다.

"고맙다. 내게 안식을 주어서. 네 덕분에 드디어 길었던 파수꾼 생활에서도 해방이구나."

"별 말씀을."

"그대의 찬란하게 빛나는 황금빛은 정말 아름답더군. 앞으로도 그대에게 빛이 함께 하기를 바라지. 그리고 꼭 지켜내거라. 그대는 내가 인정한 유일한 인간. 앞으로도 엄청난 적들이 네 앞을 막겠지. 잘 헤쳐 나가 보거라. 파수꾼은 원해서 되는 게 아니지. 나처럼 누군가 자신을 죽여주길 바라는 것들도 많을 게다. 행여나 내 얘기를 들었다고 파수꾼이나 몬스터에 동정심을 갖지는 말도록. 그런 마음을 먹는 순간 너의 별은 끝일 테니."

"내가 미쳤어? 난 그렇게 착한 놈이 아니라고. 어차피 죽이지 않으면 죽는 건데. 그런 동정심 따위 가질 틈도 없다고."

"하긴…. 약점을 제대로 공격하는 자네라면 그러겠지. 나는 비록 신들에게 굴복했지만 그대라면 꼭 이겨내리라 믿는다. 그대가 이 별을 지켜내기를 빌어주지. 그리고 진심으로 고맙네."

팔로스의 몸은 점점 투명해지고 있었다.

"이왕이면 좀 더 아름다운 방법으로 죽여주지 그랬나… 내 마지막이 조금 초라하게 느껴지는 건 어쩔 수 없군. 사인이 항문파열이라니…."

"미안 딱히 너한테 상처 입힐 만한 방법이 생각나지 않더라고…."

"마지막으로 한마디만 하지. 나처럼 후회를 남기지 말게나. 이제야 말하지만 난 드래곤 로드였네. 하지만 나의 어리석음과 오만함으로 인해 멸망을 지켜봤지. 자네는 그 길을 걷지 않기를 바라네."

팔로스는 빛과 함께 지후의 눈앞에서 사라졌고 그 자리에는 팔찌하나만이 덩그러니 놓여 있었다.

"어디 보자. 이 눈도 쓸 만했고 신들이 필요한 걸 준다고 했으니."

지후는 두 눈을 빛내며 팔찌를 살폈다.

[소울 아머. (귀속, 성장형,)

스킬 : 소울 드레인 (영혼을 흡수. AUTO 모드 가능.) 주변의 영혼을 흡수. 사용자가 죽인 적이 강할수록 소울 아머의 성능이 높아진다.

소울 실드 (흡수한 영혼을 방패로 사용 가능)

소울 스트라이크 (일직선으로 공격, 흡수한 영혼을 공격력으로 사용 가능)

소울 쇼크 (사용자의 주변으로 충격파가 발생. 적은 내상을 입거나 1초간 스턴상태에 빠짐)

평상시엔 팔찌. 마력을 주입하면 전신에 갑옷이 입혀짐.

어느 곳에서나 호흡가능. (AUTO)

자체적으로 사용자의 체온을 최상으로 유지. (AUTO)

흡수한 영혼으로 갑옷이 부서지면 자체 복구. (AUTO)

영혼력으로 모든 상태이상 및 정신공격의 완전 방어가 가능. (AUTO)

사용자가 상처를 입거나 체력이 떨어지면 흡수한 영혼력으로 자체치료 및 회복. (AUTO)]

안 그래도 갑옷 하나 장만하려고 했는데 어마어마한 게 들어왔네.

그런데 성장형이라니…. 점점 강해진다는 건가? 일단

영혼을 흡수해봐야 알겠는데.

지후의 왼팔에는 그동안 애용하던 세이버 팔찌가 오른팔에는 소울아머의 팔찌가 채워졌다.

소울아머를 시전하려는 찰나 네 사람이 지후에게 달려왔다. 윌슨만 빼고.

아영과 소영은 지후가 다친 곳이 있나 꼼꼼히 살폈고 윌로드는 영국을 구해줬다며 계속 감사인사를 하고 있었다.

윌슨은 자신의 우산을 들고 지후에게 씩씩대며 걸어왔다.

"형님! 이게 뭡니까! 이 냄새는 어쩔 겁니까! 왜 하필 제 무기로!"

"벌리는데 그만한 게 없었다."

"하지만 이게 뭡니까!"

윌슨은 우산을 펼치며 군데군데 묻어있는 오물들을 가리켰다.

"닦아서 써. 그리고 가까이 오지 마. 냄새 난다."

"윌슨! 이게 무슨 무례한 짓이냐! 어디서 돼먹지 않은 짓이야! 지후님 덕분에 우리 영국이 살았는데! 네 무기로 드래곤을 죽이셨는데 영광인 줄 알아야지! 어디서 말도 안 되는 행패야!"

"형!"

"싫으면 그건 우리 영국을 위해 내어 놓거라. 그건 드래곤을 쓰러뜨린 무기다. 가보로 모시던가 박물관에 전시를 할 테니. 네 무기는 어떻게 해서든 다시 구해줄 테니!"

지후는 그 모습을 보며 분명히 영국에 이상한 기운이 흐른다는 생각을 하게 되었다.

저 냄새나는 걸 가보 운운하는 윌로드나 윌슨이나 도긴개긴으로 보였고 혹시 유전이 아닌가 싶어 지수를 영국에 시집보내는 게 맞는 건지 잠시 생각을 하게 되었다.

지후는 자신의 윈저 성으로 다시 돌아갔고 얼마 지나지 않아 지현과 매형을 제외한 지후의 가족들이 모두 윈저 성으로 찾아 왔다.

영국은 1차 방어선에서 엄청난 사망자를 냈고 그 사실에 영국은 전체적으로 우울한 분위기를 풍겼다.

엄청난 숫자의 사망자에 조문과 추모행렬이 이어졌고 지후도 조용히 조문을 다녀왔다.

다행스럽게도 지후의 윈저 성을 관리하는 집사 장의 아들은 무사했다.

지후와 전투를 했던 헌터들의 말들이 언론을 통해 쏟아졌고 지후는 영국인들의 우상이자 전설이 되었다.

하지만 지후의 심기를 어지럽히는 기사들도 있었다.

그건 지후와 공주의 결혼설이었다.

지후가 연설을 했을 때 영국과 가족이 된다는 말이 화근이었고 그건 지후와 공주가 결혼을 하는 게 아니냐는 기사를 쏟아냈다.

지후가 발끈하기 전 영국왕실은 다급하게 윌슨과 지수의 열애사실을 공표했다.

어차피 지수는 미국으로 오면서 은퇴 아닌 은퇴를 하며 가끔 잡지촬영이나 cf를 찍는 게 다였기에 발표를 흔쾌히 수락했다.

영국의 언론은 지후가 영국과 가족이 된다는 사실이 윌슨과 지수의 연애 때문이었다는 사실을 알렸고 두 사람이 결혼이라도 한다면 지후와 가족이 된다는 사실에 언제 그랬냐는 듯 영국은 축제 분위기가 되었고 이젠 미국보다 안전한 나라라는 기사를 내곤 했다.

하지만 윌슨과 지수가 공식석상에 나타나 기자회견을 한 것이 아니었기에 기사들엔 약간의 의문도 있었다.

왜 이런 중대한 발표를 당사자들이 하지 않았냐고?

할 수가 없었다.

"윌슨 너 왜 내 눈치를 보냐? 똥마려운 강아지처럼?"

윌슨은 계속 지후의 주변을 두리번거리며 지후를 곁눈질하고 있었다.

지후는 소파에 누워서 TV를 보고 있었고 자꾸 주변을 배회하는 윌슨을 보니 상당히 거슬렸다.

'기사 때문인가? 공주랑 나랑 엮어서 낸 기사 때문에? 열 받긴 한데… 그거야 수습을 하면 될 텐데? 설마 진짜 나랑 공주랑 엮을 생각인가? 그럼 어떤 일이 벌어질지 알 테니 그건 아닐 테고. 묘하게 저 놈 하는 짓이 거슬리는데.

이 새끼 또 무슨 사고를 쳤나? 저 놈이 눈치를 볼 성격이 아닌데?'

"아닙니다. 그냥 형님 편히 쉬고 계시나 본겁니다."

'갑자기 존대라? 이 새끼가 그렇게 의도가 순순한 놈이 아닌데. 오랜만에 의심병 도지게 하네.'

지후는 찝찝한 기분이 들자 결국 소파에 눕히고 있던 몸을 일으켰다.

그리고 담배를 입에 물고는 불을 붙였다.

후~

지후가 깊게 빨을 담배연기를 뿜어내며 입을 열었다.

"월슨…. 대가리 박아."

"……."

"그냥 말할래? 대가리 박을래?"

"죄송합니다. 형님."

"뭔데 또."

"제가 신호위반을 했습니다."

"응? 겨우? 별것도 아니네. 벌금 좀 내면 될 걸 가지고. 그걸 뭘 그렇게 심각하게 얘기해?"

"그럼 되는 겁니까?"

'이 놈 생각보다 순진하네. 하여간 허당 기질이 있다니까. 저래가지고 지수를 잘 챙기려나….'

"영국은 법이 다른가? 우리나라는 신호위반은 벌금 내면 땡인데? 벌점도 받나? 근데 그것 때문에 그런 거야?"

"네. 말하고 나니까 속이 시원하네요."

"그깟 신호위반이 대수라고 쫄고 그래. 그래가지고 나중에 지수랑 제대로 결혼하고 살겠어? 남자새끼가 무슨 그만한 일 가지고."

"그러게요. 형님이 이렇게 쿨하게 말하실지 몰랐습니다. 지수랑 정말 고민 많이 했는데."

"무슨 신호위반가지고 지수랑 고민까지 해? 너네도 참할 짓 없다."

"3주 됐습니다."

"신호위반한지?"

"네."

"빨리 벌금이나 내. 돈도 많은 놈이 뭐 신호위반 했다고 3주씩이나 그러고 있어. 그리고 그걸 왜 나한테 말하고 있어."

26. 어게인 코리아

26. 어게인 코리아

"빨리 벌금이나 내. 돈도 많은 놈이 뭐 신호위반 했다고 3주씩이나 그러고 있어. 그리고 그걸 왜 나한테 말하고 있어."

"하하하. 그렇긴 하죠. 저희 둘 문젠데."

지후는 순간 이상하다는 생각이 들었고 아영과 소영도 같은 생각을 하고 있었다.

"윌슨 혹시 신호위반이 아니고 속도위반이 아니야? 지수가 임신 3주째라는 말을 하고 있는 거야?"

"응."

아영의 말에 윌슨이 '응'이라는 대답을 하는 순간 지후의 곁에는 무수히 많은 심검이 생성되고 있었다.

"이런 개자식이 그러니까 지금 지수랑 속도위반을 했다고? 너 이 새끼 내가! 통역아이템 하고 다니라고 했어 안했어! 이 새끼가 뭐 신호위반?! 그동안 지수 뒤에 숨어서 잘도 빠져나갔지!"

지수는 오늘 윌슨이 지후에게 사실을 알린다고 했기에 거실을 어슬렁거리고 있었고 지후의 큰소리가 들리자 발걸음을 옮겼다.

하지만 멀리서 본 지후의 눈동자에는 살기가 가득했고 결국 지수는 발걸음을 멈추고 뒷걸음질 치며 어쌔신처럼 소리 없이 사라졌다.

"윌슨 하나만 묻자. 그동안 네가 생각해도 아주 운이 좋았지? 지수 때문에 여러 번 살았잖아. 운이 계속되면 뭘까?"

"…실력?"

"운 빨이 다 됐다는 거다! 이 새끼야!"

지후의 주먹이 윌슨의 전신을 두들겼고 심검들은 윌슨이 피할 수 없도록 진로를 방해했다.

결국 윌슨은 10분 정도를 지후에게 쉬지 않고 구타를 당했고 전신이 피투성이가 되고 퍼런 피멍이 들고서야 지후의 구타가 멈췄다.

지수는 다급하게 힐러를 불렀고 지후에게 자기를 과부로 만들 생각이었냐며 따졌지만 지후는 콧방귀도 뀌지 않았다.

윌슨과 대화를 하며 자신까지 바보가 된 것 같은 기분을 느꼈기 때문이다.

윌슨의 치료는 생각보다 길어졌다.

이상하게도 지후에게 입은 상처는 힐러들의 집중치료에도 불구하고 회복이 더뎠다.

그나마 3일이 지나서야 윌슨의 얼굴은 정상으로 돌아왔고 공식기자회견을 열었다.

윌슨과 지수는 기자회견에서 곧 결혼을 할 예정이라는 사실을 알렸다.

영국은 이제 지후와 가족이 된다는 설이 더 이상 찌라시가 아닌 진실로 밝혀졌고 영국의 축제 분위기는 고조되어 갔다.

당장 결혼 계획은 없었던 두 사람이지만 언론을 통해 결혼식 날짜까지 알렸다.

그리고 둘은 속도위반 사실도 솔직하게 털어놨다.

어차피 알려질 일이었기에 괜히 나중에 구설수에 오르락내리락 하지 않기 위해서 결심을 했던 것이다.

매도 먼저 맞는 게 낫다는 지수의 생각이었다.

요즘 세상에 흉이라고 할 수는 없지만 아무래도 영국의 왕자와 하는 결혼이었기에 자랑은 아니었고 지수의 가족들은 걱정이 많았다.

하지만 이 사실이 밝혀지자 국민들은 더욱 환호했고 윌슨은 영국의 영웅이 되었다.

"제대로 도장을 찍었다."

"세기의 연애."

"영국을 구해냈다."는 말도 안 되는 기사가 쏟아지기 시작했고 영국인들은 모두 예비부부에게 축하를 해주었다.

지수의 혼수로 지후가 영국을 위기에서 구했다는 사실이 덩달아 알려졌고 지수는 영국인들의 보물이자 자랑이 되었고 가장 사랑받는 여인이 되었다.

지후와 가족들은 생각했던 것과는 전혀 다른 반응이 나오자 내심 놀라기도 했지만 그게 다 지후의 덕이라는 건 알고 있었다.

두 사람의 결혼식은 1달 뒤에 버킹엄 궁전에서 하기로 하였고 신혼여행은 아직은 안정을 취해야 하니 나중으로 미루기로 했다.

지후는 조만간 지수의 뱃속에 있는 조카들에게 벌모세수를 해주기로 마음먹었다.

조카들은 똑똑해야 한다. 아무리 봐도 윌슨을 닮는다면 어딘가 모자랄 것만 같은 생각이 강하게 들었기 때문이다.

지후는 결혼 선물로 윈저 성을 지수에게 선물했다.

어차피 처음부터 여왕이 이걸 노리고 줬다는 눈치는 채고 있었기 때문이다.

지후는 별채를 쓰기로 했고 결혼식을 올리고 나면 본성은 윌슨과 지수의 신혼집이 될 예정이었다.

팔로스와의 전투가 끝난 지도 1주일이 흘렀고 지후는 침대에 누워있었다.

　　그 모습을 보는 세 사람은 속이 타들어 가는 것만 같았다.

　　윌슨은 결혼 준비로 인해 자주 찾아오지 못했지만 가끔 찾아 올 때마다 침대에 누워있는 지후를 볼 수 있었다.

　　지후는 침대에서만 생활 했다.

　　밥도 침대에서만 먹었다. 하지만 엄마의 맛없는 밥도 남긴 적이 없던 지후가 밥을 거의 남겼고 화장실도 하루에 딱 한번만 씻기 위해 들어갔기에 항상 지후의 곁에서 껌 딱지처럼 붙어있는 아영과 소영은 걱정이 늘어만 갔다.

　　"오빠 요즘 대체 왜 그래요! 침대에만 누워서 움직이지도 않고!"

　　"귀찮아."

　　사실 지후가 이렇게 무기력하게 된 대는 이유가 있었다.

　　팔로스와의 전투 후 지후는 너무나 많은 사실을 알게 되서 살짝 의욕이 없었다.

　　원하던 현경에 올랐지만 그 이상의 경지는 그저 전설일 뿐.

　　지후도 본적이 없었으니까.

　　파수꾼들조차 벅찬데 파괴자라니 정말 아무리 생각해도 답이 없었다.

그랬기에 요즘은 그저 무기력하게 침대에만 누워있는 시간이 점점 늘었고 모두가 걱정스런 눈빛을 보냈다.

"오빠 같이 전설대전 할래요?"

"너랑 하면 재미없어."

"그럼 혼자라도 하세요."

"다 무슨 소용이야."

"오빠 대체 요즘 왜 그래요! 계속 침대에 누워만 있고!"

"지후씨. 요즘 어디 아프세요?"

"그냥 온몸이 쑤시네."

"그거야 너무 침대에 누워만 있으니까."

'나 현경이거든.'

"며칠 누워있다고 아플 몸이 아니거든."

결국 보다 못한 아영과 소용은 집으로 의사를 불렀고 의사에게서 황당한 병명이 나왔다.

"남성갱년기 초기요? 지후씨 젊은데."

"오빠 아직 한창인데."

지난번 환골탈태를 할 때 지후의 알몸을 보았기에 더욱 이해가 안 갔다.

"아무튼 증상이 그렇습니다. 초기 우울증이랄까요. 원인이라면 스트레스가 심하거나 고민거리가 많아서 그럴 수도 있는데."

'설마.'

'세상 가장 편하게 사는 인간인데.'

아영과 소영은 입 밖으로 꺼내지 않았지만 스트레스와 고민이라는 단어에 황당하기 그지없었다.

지후는 병명을 듣고 생각에 잠겼다.

'갱년기라⋯. 내가 무림에서도 살만큼 살았으니 그럴 수도 있겠네⋯ 근데 지금 내 몸은 창창한데?'

의사가 돌아가자 아영과 소영은 지후를 귀찮게 했다.

"오빠 대체 무슨 고민인데요?"

"지후씨. 무슨 스트레스를 받으셨기에 그러세요?"

그 순간 밖으로 나가던 의사에게 얘기를 들은 윌슨도 지후의 방문을 열고 들어왔다.

"형님! 대체 형님처럼 막사는 사람이 무슨 고민이 있고 스트레스가 있단 말입니까? 아무래도 저 사람 돌팔이 같습니다!"

'이런 개⋯⋯ 나도 고민이나 스트레스 있거든?'

결국 지후는 세 사람에게 팔로스에게 들었던 모든 얘기를 털어놨다.

"형님 이 얘기가 사실이에요?"

"그럼 내가 너희한테 지금 구라를 치겠냐? 괜히 소문내서 일 크게 만들지 말고."

"오빠 혼자 마음고생이 심하셨겠네요."

"지후씨가 그런 줄도 모르고⋯ 죄송해요."

"그나마 저는 지수랑 결혼이라도 해서 다행이네요."

세 사람은 뭔 소린가 하는 표정으로 윌슨을 바라봤다.

"어차피 까딱하면 죽는 건데 해보고 싶은 건 다 해보고 가야죠. 이거 마치 시한부선고를 받은 것 같네요. 죽을 날만 기다리는 느낌인데. 저야 지수랑 결혼하고 신혼생활도 최대한 즐기고 싶으니 그 날이 좀 늦게 왔으면 좋겠네요. 그래도 전 지수를 만났으니 다행이네요."

세 사람은 동시에 망치로 한 대 맞은 것만 같았다.

"오빠! 우리도 빨리 연애해요! 시간이 없어요! 썸만 탈 때가 아니에요! 갱년기 심해지면 잘 안 선다던데."

"지후씨. 그냥 결혼해요! 제가 노력해 볼게요."

'아니 왜 얘기가 그렇게 되냐? 그래도 말하고 나니까 속은 좀 편하네. 이래서 대화란 걸 하고 살아야 하는 건가? 갱년기는 무슨 씨바. 나 정신은 좀 늙었어도 겉은 창창하거든. 불끈불끈 잘만 선다고! 그냥 잠깐 우울했던 것뿐이야.'

지후는 드디어 침상을 털고 일어났고 그날 밥을 아주 푸짐하게 먹었다.

"폴."

"네. 지후님."

'다행이십니다. 지후님. 계속 침상에만 계셔서 걱정했습니다.'

폴은 진심으로 지후를 걱정하고 있었고 폴의 끈적한 눈빛은 지후에게 여전히 거슬렸다.

"S급 던전 나타난 나머지 나라들은 어떻게 됐어?"

"여전히 아무것도 알 수가 없습니다… 딱히 도움을 요청하지도 않고요."

"뭐 도움을 요청하지 않으면 도와줄 이유가 없지."

'근데 미국이 나서서 아무것도 알아내지 못할 정도면 심
각한 거 아닌가? 뭐 내가 그런 고민까지 해서 뭐하겠어.'

지구고 나발이고 도움을 요청하지도 않는데 먼저 나서서
도와줄 만큼 지후는 착하지도 않았고 아직은 지구를 지킨
다거나 구해야 한다는 사명감 따위도 없었다.

가족이 있는 곳도 아니기에 망해도 그만이었다.

그저 도움을 요청한다면 못이기는 척 도와줄 의사정도가
있을 뿐이었다.

이정도면 장족의 발전 아니겠는가?

지후는 스스로 그렇게 생각하며 납득했다.

"폴. 오랜만에 한 판할까?"

"좋죠."

폴은 지후가 다시 일어나 전설대전을 함께 하자고 하니
너무나 기분이 좋았다.

지후의 건강에 다시 파란불이 들어온 것만 같았고 그와
함께하는 시간은 폴에게 너무도 좋은 시간이었기 때문이
다.

"내가 탑이다."

"그럼 저는 정글로…."

띠리링!

순간 지후의 핸드폰에서 요란스러운 벨소리가 울렸고 지

후는 발신자를 확인하자 바로 전화를 받았다.

"어 매형~ 웬일이야?"

[지후야…. 큰 일 났다.]

"응? 무슨 말이야?"

[대한민국에…. 부산에 S급 던전이 나타났어.]

오랜만에 한 판 하려고 했는데… 진짜 오랜만인데….

"……."

[지후야… 네가 대한민국에 좋은 감정이 없는 건 알지만….]

"일단 알겠어. 생각 좀 해볼게."

지후는 전화를 끊고는 잠시 생각에 잠겼다.

도와는 준다. 도움을 청했으니까.

모르는 사람이 도움을 청해도 도움을 줄 생각이었다.

팔로스에게 들은 게 있으니까.

그런데 가족이 도움을 청했는데 외면을 할 리가 있겠는가?

다만 떠나온 대한민국으로 갈 생각을 하니 약간 망설임이 든다고 해야 할까?

조금은 천천히 도우러 가야겠다는 생각을 한 지후는 컴퓨터를 켜고 있었고 폴은 아무것도 모른 채 실실 웃으며 옆에 있는 컴퓨터를 켜고 있었다.

그 순간 폴의 전화가 울렸고 폴은 대한민국에 S급 던전이 나타났다며 지후에게 말해 왔다.

"지후님! 지금 대한민국 부산의 해운대 해수욕장에 S급 던전이 나타났다고 합니다."

"알고 있어."

'해운대? 해운대라고? 그럼 비키니 여인들을 볼 수 있나? 그런데…. 생각해 보니 던전이 나타났는데 누가 있겠어… 미친놈들도 다 피신시켰겠지.'

이미 알고 있다는 말에 폴은 자신의 정보가 스코틀랜드 때부터 몇 분씩 늦고 있다는 사실에 화가 났다.

지후에게 가장 빨리 새로운 정보를 알리며 자신의 능력을 인정받고 싶은 폴이었기 때문이다.

폴과 지후는 마우스를 잡으려고 했지만 다시 울리는 지후의 전화로 인해서 지후는 게임을 실행시키지 못했다.

액정에는 아빠라는 두 글자가 표시되어있었다.

'아니 이 존재감 없는 양반이 도대체 왜?'

"응 아빠."

[지후야… 부탁 좀 하자꾸나.]

"뭔데? 갑자기 뭐 그렇게 목소리를 깔고 그래."

[대한민국으로 가거라.]

"대한민국? 거긴 왜?"

이유는 짐작이 갔지만 지후는 모르는 척하며 통화를 이

어갔다.

[대한민국에 S급 던전이 나타났다고 하더구나. 지현이
말로는 막을 만한 사람이 너밖에 없을 거라던데. 넌 미국이
랑 영국도 잘 막아냈잖니?]

"아빠 S급은 나도 정말 목숨 걸고 싸우는 거거든. 그렇게
쉽게 말하면 정말 섭섭하지!"

[그런 게 아니라…. 비록 우리가 대한민국을 떠나서 외국
에 살고 있지만 피는 속일 수 없는 법이다. 우리는 대한민
국 사람이야. 너의 지인도 나나 가족들의 지인도 다 대한민
국 사람이야. 넌 그들이 모두 죽어야 장례식에나 대한민국
땅을 밟을 생각이니?]

"아니… 가려고 했어."

[그랬겠지. 내 아들이 그렇게 피도 눈물도 없는 아들은
아니니까. 다만 귀찮으니까 게임 좀 하다가 내일 정도에 갈
생각이었겠지? 극적인 상황에 짠하고 나타나면서.]

"아니… 그런 게 아니라…."

[내가 널 알아. 이왕 도울 생각이라면 일찍 가서 도와줘.
네가 게임을 하는 순간에도 희생자는 늘어나고 있을 테니
까. 결국 사람이란 게 도와주더라도 왜 이제야 왔냐고 욕을
하는 법이다. 그 원망 다 어떻게 들으면서 살 생각이냐. 아
무리 신경을 안 쓰고 사는 성격인 너라고 하지만. 이번만큼
은 애비 말을 듣고 빨리 갔으면 싶구나.]

"지금 가려고 준비 중이었어…."

그 순간 폴의 컴퓨터에서 전설대전의 오프닝 사운드가 들려왔다.

'아니 이 눈치 없는 새끼가! 옆에 통화를 하고 있으면 소리라도 껐어야지.'

지후는 바로 폴을 째려봤고 폴은 콧노래를 흥얼거리며 방을 만들고 있었다.

[그렇게 믿으마. 전화가 혼선이 됐는지 환청이 들리는구나. 네가 지금 출발 준비 중일 텐데… 게임 소리가 들리다니… 참 이상하구나….]

"아빠 끊어… 지금 애들 데리고 출발할게…."

[혹시라도 위험할 땐 지현이랑 수혁이 데리고 도망치고.]

"이제 와서 무슨…."

지후는 전화를 끊은 뒤에 폴을 째려보았다.

폴은 왜 그러냐는 듯이 지후를 바라봤고 지후는 폴을 보며 '아무짝에도 쓸모없는 새끼'라는 한마디를 하고 방을 나섰고 폴은 그 한마디에 멘탈이 나갔는지 천장만 바라봤다.

'지후님이… 나를…. 쓸모없는 새끼라고…. 흑….'

인정을 받으려고 노력했던 폴의 두 눈에선 눈물이 흘러내렸다.

지후는 세 사람과 함께 대한민국에 있는 집으로 이동했다.

관리인들이 제대로 관리를 하고 있었고 미군은 여전히 지후의 집을 요새처럼 지키고 있었다.

밥만 먹고 이동하자며 세 사람은 식당으로 이동했다.

어차피 가도 밥은 먹어야 하지 않겠는가?

네 사람은 이 정도는 누구도 늦장을 부리는 거라고 생각하지 않았다.

윌슨은 오늘도 이러다 죽겠다 싶을 정도로 많이 먹고 있었다.

"야 작작 먹어. 또 저번처럼 싸우다가 똥질하지 말고."

"걱정 마십쇼 형님. 근데 오랜만에 한국음식 먹으니까 너무 맛있네요."

'저 자식 또 저번처럼 지 새끼들 세상 구경 어쩌고 할 것 같은데….'

"역시 한국음식은 정말 맛있습니다."

'영국음식이 유별나게 맛없는 거야 이 미친놈아. 작작 처먹어. 이 새끼는 굶기는 것도 아닌데 밖에만 나오면 걸신이 들린 것처럼….'

"입에 음식 넣고 말하지 마라… 튄다."

지후와 세 사람은 수혁이 알려준 좌표를 통해 한창 전장이 펼쳐진 부산으로 향했다.

챙챙!

몬스터의 검과 헌터의 검이 부딪히는 소리가 전장이라는 사실을 알려왔다.

지후의 눈에는 한참 전투에 몰입중인 헌터들이 들어왔고 대한민국을 떠난 뒤로 보지 못했던 미라클 길드원들을 보자 반가운 기분이 들었다.

"매형!"

"어 지후야! 잠깐만!"

"너 왜 이제 왔어! 연락한지 한참 됐는데!"

매형과 누나는 몬스터들과 싸우느라 정신이 없어보였고 지후는 친절하게 심검을 날려서 잠시 헌터들의 숨통을 틔워 주었다.

"야! 너 왜 이제야 왔어!"

수혁이 나서기도 전에 지현이 먼저 지후에게 따지듯이 물었고 지후는 오랜만에 만나는 누나가 역시나 변한 게 없다는 생각에 한숨이 나왔다.

"미국이랑 여기랑 옆 동네도 아니고 2시간이면 빨리 온 거지."

"너 워프로 왔잖아!"

"…윌슨이 밥 먹고 가자고 해서…. 저 새끼가 밥을 2시간을 처먹더라고…."

"헉…. 형님…."

"왜? 맞잖아. 네가 계속 갈비 추가 했어? 안 했어?"

윌슨은 딱히 할 말이 없었다.

추가한 건 사실이었기에.

"아무튼 지후야 와줘서 정말 고맙다."

"그치? 매형은 뭘 좀 아네. 누나는 결혼을 해도 여전히 철이 없네. 내가 온 게 어딘데."

"쳇."

지현은 나름 지후가 반가워서 툴툴거렸던 것이었고 지후도 그걸 알기에 별 말은 하지 않았다.

"그래서 2세 계획은? 결혼한 지 꽤 된 것 같은데. 왜 소식이 없어? 형 혹시 문제 있어?"

"어, 없어."

"없기는. 무슨 딜탱이 밤에 힘을 못 써! 공격도 방어도 못하는 게! 탱커라면서 뭐 그리 흐물흐물 거리는 지."

"형……."

지후는 안쓰러운 모습으로 수혁을 바라봤고 수혁은 고개를 숙이고 있었다.

'고개 숙인 당신 떠나라.'

하지만 수혁은 떠날 곳이 없었다.

남들은 직장으로 도망간다고 하는데 직장에 와도 집에서 하루 종일 보던 그 사람이 있었다.

그래서 더욱 수련에 몰두했고 S급에 오를 수 있었다.

"처남…. 죽음과 결혼은 늦을수록 좋다는 말 알지?"

"……?"

'잘 알죠….'

"그냥 그렇다고… 해보니까 알겠어…."

지후와 수혁은 귓속말로 속닥이고 있었고 지현은 그 모

습이 영 마음에 들지 않았다.

"두 사람 뭐해! 지금 내 욕하고 있었지!"

수혁은 화들짝 놀라서 아니라며 손사래를 치고 있었다.

'하여간 귀는 밝아요. 내가 귀신이랑 사는 건지…. 결혼 전에는 참 얌전했는데.'

결혼 전 지현은 내숭의 달인이었고 결혼을 하자 그 가면을 옷과 함께 벗어버렸다.

"아무튼 형 상황은 어때? 지휘는 누가 하고 있어?"

"에헴. 지휘는 내가 하고 있어."

수혁은 헛기침을 하며 쑥스러운지 뒷머리를 긁적이고 있었다.

"아 맞다! 형 S급 올랐다며. 이제 대한민국의 유일한 S급 헌터네. 축하해."

"하하하 고마워. 뭐 그건 그렇고. S급 몬스터는 황금빛 골렘인데 아직까지 별다른 공격은 없어. 다만 던전에서 스톤골렘들이 나왔는데 그 놈들이 부산 전역의 던전을 순식간에 모두 터뜨려서 지금 해운대가 몬스터로 뒤덮였어."

'이 놈은 직속부하도 있는 건가? 이 자식이랑도 고생 좀 하게 생겼네.'

"지금 그 쪽에 대부분 길드원들이랑 헌터들이 막고 있어. 군인들은 조금 떨어져서 포진하고 있고. 우리도 빨리 그쪽으로 가야해. 너 만나서 반가운 마음에 까먹고 있었는데, 지금 한시가 급해. 거의 포위되기 직전인 것 같았어.

이상한 몬스터들도 섞여있어서 애를 먹고 있나 보더라고."

"이상한 몬스터요?"

"당장은 상황이 급박하다는 것밖에는 몰라. 나도 통신 듣고 바로 가는 길이었거든."

"오케이 일단 가죠."

5분정도 달려가자 백사장이 나왔고 한참 모래 위를 뒹굴며 싸우고 있는 헌터들이 눈에 들어왔다.

미라클 길드원이자 지후의 고등학교 동창들도 기합을 내지르며 싸우고 있는 모습이 지후의 눈에 들어왔고 괜히 고기를 먹으며 2시간이나 늦게 도착한 게 약간 마음에 걸렸다.

'쟤네가 예전엔 6팀에서도 바닥이었는데⋯. 이젠 제법 헌터 티가 나네.'

하지만 상황은 최악이었다.

같은 모습을 하고 있는 헌터들끼리 무기를 휘두르고 있었고 자신의 동료가 갑자기 검을 찌르고 들어왔다. 동료의 모습이었기에 제대로 공격을 하지 못했고 서로 자신이 진짜라며 소리치고 있었다.

"형님 아무리 대한민국이 성형의 왕국이라지만 저렇게 똑같을 수 있을까요? 죄다 똑같이 생겼어요."

윌슨의 말에 지후는 어이가 없었다.

아영과 소영도 윌슨의 말에 어이가 없긴 마찬가지였지만 공격을 할 방법이 생각나지 않았다.

"저게 어딜 봐서 성형이냐! 이 미친놈아. 여기가 압구정 4번 출구냐!"

다들 구분을 하지 못하고 있었지만 지후는 정확히 구분을 하고 있었다.

지후의 눈에는 저들이 도플갱어라는 글자가 보였고 심검을 형성하며 전장을 바라보며 아군과 도플갱어의 구분을 하고 있었다.

다만 아군과 적을 구별하던 지후는 몇몇의 헌터를 보고 인상을 찌푸렸다.

이름과 지구인이라는 종족표시 그리고 그 옆의 소속엔…. 디스트로이라는 단어가 써진 녀석들이 몇몇 포함되어 있었다.

'디스트로이? 요즘 한창 뉴스에서 날아다니던 그놈들? 그놈들이 대한민국에도 있었다고? 몰랐으면 모를까 보고도 모른 척 할 수야 없지.'

지후는 대부분 구분이 끝나자 도플갱어들을 향해 심검을 쏘아 보냈다.

지후가 공격을 하자 전장에서 싸우던 헌터들도 지후의 옆에 있던 일행들도 모두 놀란 듯이 바라봤다.

"형님! 아군을 공격하면 어쩌시려고!"

"잘 봐."

지후가 죽인 아군의 모습을 한 도플갱어들은 지후의 심검에 죽음을 당하자 이상한 형태의 모습으로 변하고 있었고 다들 지후가 아군을 죽인 것이 아니라는 사실을 알 수 있었고 역시 지후는 뭔가 다르다는 사실을 인정하고 있었다.

그때 팔찌에서 웅웅대는 느낌이 들었다.

'아 맞다. 소울아머를 까먹고 있었네.'

지후는 빠르게 소울아머에 내공을 주입했고 순식간에 지후의 전신엔 갑옷이 둘러졌다.

"이리 오너라! 이 빌어먹을 것들아! 바다에서 비키니가 아니라 몬스터라니!"

지후의 음성이 전장에 울리자 몬스터들이 지후를 향해 달려왔다.

'어그로 아이템으로 불러들이면 어차피 다 몬스턴데 멍청한 것들. 여전히 헌터들은 응용력이 딸린단 말이지. 하긴 나도 내 눈이 아니었으면 조금 당황했을 수도 있겠지.'

지후는 달려오는 몬스터들을 향해 손을 뻗었고 지후의 주변에 떠 있던 황금빛 단검들이 빛을 쏘아내며 몬스터들을 도륙해갔다.

순식간에 주변에 있던 몬스터들 대부분이 죽어나갔고 그 모습을 보며 헌터들은 안도의 한숨을 쉬었다.

자신의 모습을 한 몬스터의 공격. 동료의 얼굴과 목소리로 죽으라며 검을 휘두르는 모습이 머릿속에서 떠나질 않았고 대부분의 헌터들은 긴장이 풀렸는지 다리가 풀려 백사장에 주저앉고 말았다.

전체적으로 검은 갑주에 테두리는 금빛으로 이루어진

지후의 갑옷은 지후와 무척이나 잘 어울렸다.

지후가 자체제작이라도 한 느낌이랄까? 지후의 황금빛 강기와 금빛테두리는 너무나 조화가 잘 되었다.

"와 형님 갑옷 대박! 그건 언제 샀어요?"

"산거 아니야. 저번에 도마뱀 잡고 얻은 아이템이야."

"아…"

순간 세 사람은 지후가 해줬던 얘기가 떠올랐고 우울한 기분이 들었다.

지후는 소울아머에 넘쳐 나는 기운을 느끼며 미소를 짓고 있었다.

얼굴마저 투구로 가려졌기에 누구도 그 미소를 보지는 못했지만.

지후는 이 성장형 갑옷으로 계속 전투를 치르다보면 희망이 생기지 않을까 하는 생각이 들었다.

몬스터를 죽일수록 갑옷의 기운이 충만해 지는 것이 느껴졌고 내공과 체력마저 채워주는 것이 느껴졌기 때문이다.

'이제 세이버 팔찌는 필요가 없으려나? 아니지. 보험은 많을수록 좋으니까.'

뭔가 새로운 돌파구를 찾은 듯한 기분에 지후는 진작 소울아머를 사용해 볼 걸 하는 후회를 했다.

그놈의 건망증과 귀차니즘은 언제나 지후의 발목을 잡았다.

지후는 갑자기 사라지더니 20명 정도의 헌터를 기절시
켜서 데리고 왔다.

"형. 이것들은 요즘 뉴스에 나오는 테러조직 '디스트로
이' 애들."

"응?"

"뉴스에 매일 나오잖아. 디스트로이라고."

"그건 나도 봤지."

"여기 있는 놈들이 거기 멤버라고."

"뭐! 근데 그걸 네가 어떻게 알아?"

"내 능력중 하나야. 아까 몬스터랑 헌터들 구별하는 거
봤지?"

"응."

"그 기술로 보니까 알 수 있더라고."

지후는 수혁에게 그들을 넘겼고 수혁은 그들을 협회에
넘겼다.

그들은 다음날 자결을 한 채로 협회의 취조실에서 발견
됐다.

어금니에 독약을 숨기고 있었을 거라곤 헌터협회의 직원
들은 생각지 못했다.

요즘 같은 시대에 그런 구시대적인 자살방법을 택할 거
라곤 상상하지 못했기 때문이다.

지후의 등장으로 인해 잠시지만 헌터들은 휴식을 할 수 있었다.

하지만 휴식은 오래가지 못했다.

지진이 난 듯이 땅이 떨리더니 몬스터들이 흉성을 토하며 헌터들을 향해 이를 들어 내고 침을 흘리며 돌진하고 있었다.

수혁은 재빨리 군에게 포격을 명령했고 탱크와 자주포는 쉬지 않고 불꽃을 토해냈다.

하지만 아까는 보이지 않았던 5M에 달하는 스톤골렘들이 나타나 포탄을 몸으로 막아냈고 스톤골렘들은 포탄에 직격을 당하고도 아무런 이상이 없어보였다.

포탄의 소리는 본격적인 2차전의 시작을 알렸고 지후로 인해 사기가 올라있는 헌터들은 기합을 내지르며 몬스터들에게 달려갔다.

지후는 스톤골렘들에게 심검들을 날렸지만 스톤골렘들은 큰 피해가 없었다.

지후의 단검들은 스톤골렘의 겉 표면에 약간의 스크레치를 낸 정도였고 그 마저도 스톤골렘은 바로 복구해 버렸다.

지후는 안 되겠다는 생각에 스톤골렘들에게 강기를 뿌렸다.

심검이 점을 공격하는 공격이라면 강기는 면을 공격하는 공격이었기 때문이다.

스톤골렘들에게 강기가 적중하자 엄청난 폭음소리가 전장을 수놓았다.

쾅! 콰아아앙! 쾅쾅쾅!

모래먼지가 걷히자 부서진 스톤골렘들의 모습이 들어왔다.

헌터들도 지후도 그 모습을 보고 기뻐하려는 찰나 부서진 스톤골렘들이 빠르게 수복됐다.

그리고 지후를 향해 달려왔다.

그 모습을 보며 헌터들은 지후의 공격도 통하지 않는 게 아닌 가 긴장을 했지만 지후는 전혀 긴장을 하지 않았다.

수복과정에서 빛나던 약점이 지후의 눈에 들어왔기 때문이다.

바로 골렘의 내핵이었고 지후는 그것만 파괴하면 된다는 사실을 알 수 있었다.

하지만 어지간해서는 스톤골렘의 방어력을 뚫고 내핵을 공략할 수 있는 헌터들이 없었기에 스톤골렘의 상대는 지후의 몫이었다.

'일단 속도는 느리고 방어력이 장난 아니라는 거네.'

스톤골렘이 땅을 울리며 지후에게 달려와 주먹을 내질렀고 그런 느려터진 공격을 맞아줄 만큼 지후는 느리지 않았기에 가볍게 옆으로 피했다.

콰앙!

스톤골렘의 주먹이 내려쳐진 땅에는 지뢰가 터진 것 같은 크레이터가 생겨 있었다.

'맞으면 골로 가겠네. 느린 대신 몸빵과 한방이 있다는 거네? 전형적인 탱커 몬스터구만.'

주변을 보니 나름 헌터들도 잘 싸우고 있었다.

스톤골렘과의 전투는 모두 피하고 있었다. 공격은 먹히지 않으니 괜히 마력낭비를 하지 않기 위해 상대를 하지 않았다. 워낙 움직임이 굼떴기에 헌터들도 회피는 할 수 있었다.

그리고 아까 제대로 대처하지 못했던 도플갱어 들에게도 나름 잘 대처하고 있었다.

지후가 아까 보여줬던 전투 방식으로 도플갱어들을 상대하는 헌터들이었다.

도플갱어가 나타나면 어그로 아이템을 가지고 있는 헌터가 어그로를 끌었다.

몬스터가 아니라면 어그로에 끌릴 리가 없었고 아무리 도플갱어라도 몬스터 본연의 유전자는 어쩔 수 없었는지 어그로에 끌려 자신이 동료가 아닌 몬스터라는 사실을 알렸다.

"형님! 형님!"

지후가 알기로 저 목소리는 한명밖에 없었다.

지후는 목소리가 들리는 쪽으로 고개를 돌렸고 그곳엔 역시나 윌슨이 있었다.

"형님! 잠깐만 이 놈 좀 맡아주세요! 저 잠깐 바다 좀 들어갔다 올게요."

지후와 눈이 마주치자 윌슨은 지후에게 자신이 상대하고 있던 스톤골렘을 가리키더니 바다를 향해 달려갔다.

"전투 중에 바다를 왜 기어들어가! 이 미친놈아! 지금이 수영을 할 때야!"

지후는 윌슨의 종잡을 수 없는 행동에 짜증을 내며 윌슨이 상대하던 스톤골렘의 어그로를 가져 왔다.

괜히 다른 헌터들을 공격하게 할 수는 없었기 때문이다.

윌슨은 허리까지 잠길 정도의 깊이에 도착하더니 더 이상 앞으로 나가는 것을 멈췄다.

"빨리 안 나와! 뭐하는 거야!"

지후는 윌슨이 갑자기 하는 행동을 보고 진심으로 화가 났다.

그동안 눈치가 없다 없다 했지만 이 상황에 수영이라니 짜증이 팍 났다.

"아무래도 야외다 보니까 보는 눈도 많고 잘 안 나오네요"

응? 뭔 소리 하는 거야…

'뭐야 저 새끼 지금 표정은? 몸을 왜 부르르 떨어? 설마?'

에이 씨발. 내가 다시는 해운대 안 온다.

윌슨은 부르르 떨던 몸을 멈추더니 개운한 표정으로 전

장에 복귀했다.

바닷물에 적셔진 윌슨의 하체는 백사장의 모래가 달라붙어 있었다.

"가까이 오지 마라."

지후는 윌슨을 째려보며 더럽다는 듯이 말했고 윌슨은 발끈했다.

"그럼 이 상황에 화장실에 가서 싸요?"

'그건 아니지… 근데 너 하는 행동이….'

"그래도 화장실에 가서 싸던가 했어야지! 왕자라는 놈이 체면이….'

"체면은 무슨! 왕자는 오줌 안 싸요? 그럼 뭐 찔끔 찔끔 싸서 말려요? 저 넓고 가까운 화장실을 놔두고 무슨 말도 안 되는 소리를 해요!"

'너 같은 생각을 하는 새끼들 때문에 우리나라 바다가 똥물인 거다.'

지후는 대한민국에선 앞으로 절대 바다를 가지 않겠다는 다짐을 했다. 특히 해운대는.

20분정도 전투가 흘렀고 지후는 소울아머의 성능을 테스트하며 전투에 임하고 있었다.

지후는 스톤골렘의 방어를 뚫으며 내핵을 파괴했고 스톤골렘들은 돌 부스러기가 되어갔다.

갑자기 윌슨이 배를 움켜쥐고 주저앉는 모습이 지후의 두 눈에 들어왔다.

주저앉은 월슨의 머리위에는 스톤골렘이 주먹을 내리 꽂고 있었고 지후는 이형환위로 다급하게 월슨의 앞에 나타나 스톤골렘의 주먹을 옆으로 쳐냈다.

　"뭐하는 거야!"

　지후의 노성에 월슨은 잔뜩 인상을 쓰며 배를 움켜쥔 채로 인상을 쓰며 일어났다.

　"형님 아무래도… 제가 애들 교육을 똑바로 못한 것 같습니다. 아무래도 이 못된 새끼들한테 세상이 얼마나 험하고 무서운 곳인지 알려줘야 할 것 같습니다."

　월슨은 노랗게 질린 안색으로 지후에게 말을 했고 지후는 그 모습을 보자 뭐 이런 새끼가 다 있나 싶었고 진심으로 지수와 파혼을 시키고 싶다는 생각이 들었다.

　'그러게 내가 아까 작작 처먹으라고….'

　월슨은 지후에게 말을 하고는 배를 움켜잡고 엉거주춤한 자세로 갈지자를 그리며 뛰어가고 있었다.

　"야 왜 거기로 가! 바다는 이쪽이야!"

　지후는 월슨이 바다와 반대편으로 뛰어가자 소리를 쳤다.

　"형님이 화장실에서 싸라면서요! 아무렴 부모가 제 새끼 교육을 남들 다 보는 앞에서 해야겠습니까? 혼내도 저 혼자 혼낼 거예요!"

　'내가졌다… 이 병신아.'

　지후는 혹시 월슨이 바지에 지릴까봐 월슨의 앞에서

화장실로 달려가는 길을 터주고 있었다.

지금 윌슨의 상태로 봤을 때 몬스터가 가로막거나 공격이라도 한다면 더 이상 괄약근 조절을 하지 못할 것 같았기 때문이다.

아영과 소영도 윌슨의 양옆에서 호위를 하듯이 윌슨의 곁으로 다가오는 몬스터들을 물리치며 함께 달리고 있었다.

네 사람이 다이아몬드 대형을 한 채 모래바람을 일으키며 몬스터들을 쓰러뜨리며 달려가는 모습은 한 폭의 그림이자 장관이었다.

헌터들은 이 묘한 광경을 지켜보며 의아한 기분이 들었다.

갑자기 왜 대열을 갖추고 달려가는 걸까? 보스몬스터라도 나타난 것일까?

물론 윌슨은 배속에 있는 보스몬스터와의 일대일 전투를 준비 중이었다.

하지만 헌터들도 전투 중이었기에 계속 그 모습만 바라볼 수 없었고 다시 전투에 몰입했다.

'아 창피해.'

'진짜 윌슨 때문에… 아까 그만 먹으라고 할 때 그만 먹지….'

아영과 소영은 쥐구멍이 있다면 숨고 싶은 기분이었지만 같은 팀원이자 왕자인 윌슨이 바지에 지리는 모습을 보고 싶지 않았기에 윌슨을 호위하며 화장실로 달려갔다.

윌슨은 달려가며 수많은 생각을 했다.

이대로 포기하면 다 편해지지 않을까?

과연 앞으로 얼굴을 들고 다닐 수 있을까?

왕가에서 제명이 되는 것은 아닐까?

혹시 지수가 결혼을 무르진 않을까?

내일 신문의 1면에 자신이 오물과 뒤범벅이 된 사진이 실리지 않을까?

수많은 물음과 답변의 시간이 이어졌고 윌슨은 결국 길었던 인고의 시간을 견뎌내고 화장실 앞에 도착했다.

화장실 앞에 도착한 윌슨은 남자화장실이 무너져 있는 것을 보고 하늘이 노래지며 무너지는 것을 느꼈다.

그리고 윌슨의 두 눈엔 아직 무너지지 않은 옆 건물의 붉은 그림이 그려진 문이 들어왔다.

마치 어서와라고 반기는 것만 같은 유리문은 안쪽의 전구로 인해 천국의 문처럼 환하게 빛났다.

아영과 소영은 윌슨의 고개가 돌아간 곳을 보더니 흠칫 놀랐다.

"거긴 안 돼!"

"윌슨! 거긴 여자 화장실이야!"

아영과 소영이 말릴 틈도 없이 윌슨은 두 사람을 뿌리치며 딱 한마디를 하며 여자 화장실로 들어갔다.

그 한마디에 세 사람은 전투도 잊고 한참을 멍하니 윌슨이 들어간 화장실만을 바라보고 있었다.

"내 것도 여성용이에요!"

5분 정도가 흐르자 안색을 회복한 윌슨이 당당한 걸음걸이로 걸어 나왔다.

"제가 애들을 아주 따끔하게 혼내주고 왔습니다. 이 녀석들이 혼을 좀 냈더니 반항하는지 안내려가겠다고 발버둥을 쳐서 넘칠까봐 걱정했는데 다들 잘 회개했습니다."

"……."

"짐승만도 못한 놈."

"짐승보다 더한 놈."

"짐승 같은 놈."

화장실 앞에 멍하니 있던 세 사람은 윌슨에게 한마디씩 던졌지만 윌슨은 들은 척도 하지 않고 상쾌한 표정을 지으며 전장으로 달려가 우산을 휘둘렀다.

"쿠아앙!"

그 순간 지축이 흔들리며 갑작스러운 포효가 들여왔고 몬스터와 헌터들은 전투를 멈춘 채 등골이 서늘해지는 것을 느꼈다.

쿵! 쿵! 쿵! 쿵!

먼 거리에서 황금빛의 물체가 시야에 들어왔고 그 물체가 땅을 박차자 쾅하는 소리와 바람을 가르는 파공성이 들렸고 순식간에 그 황금빛 물체는 점점 커져 두 눈에 담기조차 힘들었다.

보스몬스터인 황금빛 골렘이 지후의 앞에 착지하자 지진

이 난 듯 땅이 요동쳤고 그 충격파에 헌터들은 균형을 잡기 위해 애를 썼지만 결국 몇몇은 자리에 주저앉고 말았다.

콰앙!

지후의 바로 앞에 나타난 황금빛 골렘은 그 웅장한 자태를 뽐내며 고고하게 붉은 눈으로 지후를 내려다 봤다.

10m는 되어 보이는 황금빛 골렘의 위엄에 헌터들은 입을 다물지 못했고 몇몇은 뒷걸음질 치며 전의를 상실하고 있었다.

지후는 골렘을 올려다봤고 골렘은 마치 벌레를 보는 것마냥 오만한 분위기를 풍기며 지후를 내려다 봤다.

지후는 자신을 내려다보는 것에 기분이 상해 눈높이를 맞춰야겠다고 생각했고 힘껏 진각을 밟았다.

콰앙!

지후의 진각이 울려 펴졌고 엄청난 크기의 크레이터를 남기며 지진이 난 듯이 땅은 울음을 토해냈다.

지후는 골렘이 충격으로 넘어질 거라 생각했지만 골렘의 등 뒤에는 로봇만화에나 나올 법한 날개가 생겨있었고 아무렇지도 않은 듯이 여전히 오만하게 지후를 내려다보고 있었다.

'변신로봇이었냐?

"인사는 끝났냐?"

골렘의 입은 움직이지 않았는데 지후의 머릿속엔 직접적으로 쇠를 긁는 듯한 쇳소리가 가득한 목소리가 들려왔다.

골렘의 붉은 눈이 순간적으로 번쩍했고 지후를 향해 지후보다도 큰 주먹을 뻗어 왔다.

◇

골렘의 주먹은 엄청 빨랐다.

역시 파수꾼은 뭔가 달랐다고 해야 할까?

그동안 상대하던 골렘들과는 차원이 다른 빠른 주먹이 지후를 향해 내리치고 있었다.

순수한 호기심이랄까?

순간의 호승심으로 인해서 눈앞에 보이는 골렘의 주먹을 양팔을 엑스자로 교차한 채 막아냈고 지후는 양발이 땅으로 꺼지며 허리까지 묻히고 말았다.

'이러다 묻힌다.'

순간 아찔한 생각에 지후는 다급하게 입을 열었지만 상대는 듣지 않았다.

"야 잠깐!"

지후는 허리까지 묻히자 움직임에 제약이 걸렸고 골렘은 지후의 잠깐이란 말을 무시한 채 계속 주먹을 내리쳤고 지후는 점점 땅속으로 묻혀갔다

"이 새끼가! 나 아직 묻힐 때 안 됐거든!"

지후는 교차한 채 막고 있던 양팔을 풀고는 자신을 압사하려는 주먹을 향해 주먹을 내질렀다.

'소울 쇼크!'

지후와 골렘의 주먹이 격돌했고 골렘은 순간 정지라도 한 것처럼 스턴에 걸렸고 그 틈을 타 지후는 자신의 무덤이 될 뻔했던 땅을 박차며 뛰어 올라왔다.

황금빛 골렘은 지후가 자신의 공격을 빠져나오고 아무런 이상이 없어 보이자 붉은 안광을 뿜으며 지후를 바라봤다.

"통성명은 하는 게 어때? 나는 이지후. 넌?"

"탄트론. 인간주제에 내 공격을 막다니 제법이로구나."

"너도 고철주제에 제법이로구나. 아니 깡통이로구나?"

탄트론의 눈은 지후의 말에 화가났다는 듯이 붉은 빛을 폭사했다. 순간 탄트론의 붉은 안광에선 엄청난 섬광이 일직선으로 날아왔고 지후는 간신히 피했다.

두 줄기의 빛이 지후가 있던 자리를 지졌고 지후가 피하자 두 줄기의 섬광은 계속 지후를 따라왔다.

10초쯤 지나자 탄트라의 파괴적인 광선이 멈췄고 그걸 지켜본 헌터들은 놀라서 입을 다물지 못했다.

'진짜로 무슨 로봇이야? 레이저 광선이라니? 네가 무슨 건X이냐!'

"건방진 인간. 감히 나에게 그런 망발을 뱉어! 내 꼭 너를 짓이겨 주마!"

"쿠아아아아아아아!"

탄트론은 지후에게 약이 바짝 올랐고 분노를 담아 고함을 지르자 해운대 백사장의 뒤편에 있는 건물들의 유리창이 일제히 깨지며 건물들이 요동을 쳤다.

몇몇 낡은 건물은 결국 견뎌내지 못하고 무너졌고 몇몇 헌터들은 귀와 코, 입에서 피를 흘리며 쓰러졌다.

결국 수혁은 헌터들에게 후퇴를 명했다.

지후는 세 사람에게 전음을 보냈다.

오늘도 후퇴를 안 하고 남아있는다면 인연을 끊자고.

세 사람은 지후의 전투를 보지 못한다는 아쉬움을 뒤로 한 채 헌터들과 함께 후퇴를 했다.

어차피 도울 게 없다는 사실은 알고 있었고 방해나 안 되면 다행이란 사실도 알고 있었기 때문에 자리를 뜰 수밖에 없었다.

이번에도 지후의 말을 듣지 않으면 쓰리아웃이었고 지후라면 자신들과 진짜 인연을 끊고도 남을 것만 같았다.

헌터들이 후퇴하자 몬스터들도 탄트론의 뒤로 몰려들었다.

"저 인간은 내 손으로 으깨버릴 것이다. 모두 던전으로 돌아가라!"

탄트론은 자신에게 고철이니 깡통이니 운운한 지후를 꼭 자신의 손으로 죽일 생각이었고 지능이 떨어지는 몬스터들이 혹시라도 방해를 할까봐 자신의 던전으로 보내버렸다.

몬스터들은 탄트론의 말을 듣고는 모두 던전으로 사라졌고 해운대 백사장엔 지후와 탄트론만이 마주보고 있었다.

"인간. 꼭 내손으로 으깨주지. 이제는 후회해도 늦었다."

"고철. 넌 내가 꼭 철물점으로 보내주지! 크기가 크니까 값도 좀 나가겠지?"

지후가 히죽거리며 비웃으며 말하자 탄트론은 화가 났다.

직접적으로 머릿속을 통해 대화를 하고 있었기에 철물점이 어떤 것인지 의미를 알 수 있었고 탄트론은 더 이상 참을 수 없었다.

탄트론의 날개에선 불을 뿜었고 그 추진력을 바탕으로 지후의 앞까지 순식간에 날아왔다.

까앙! 깡! 까아앙!

지후의 주먹에도 이제 소울아머의 금속이 있었고 탄트론과 지후가 주먹을 교환하자 금속을 때리는 소리가 전장에 울렸다.

"소리 들어보니까 깡통 맞네."

지후가 한 번씩 이죽거릴 때마다 탄트론의 붉은 안광은 사납게 붉은 빛을 밝혔고 더욱 거세게 공격해 왔다.

둘의 격돌이 계속될수록 해운대의 건물들은 무너지며 초토화되고 있었다.

흡사 폭격이라도 맞은 것처럼 건물들이 무너져 내리고 있었고 해운대엔 계속 폭격을 하는 듯한 소리가 메아리 치고 있었고 지후와 탄트론의 공방으로 인해서 피해는 계속 확대되고 있었다.

'이 깡통이 드래곤보다 방어력이 더 높나? 도무지 약점

이 없냐! 내부를 공격할 틈도 안보이고. 이놈도 핵을 부셔야 할 텐데… 핵을 타격할 방법이 안 보이니….'

지후와 탄트론은 무너져 내리는 주변 환경을 아랑곳 않고 공방을 주고받았다.

모래폭풍이 일어나고 무너진 콘크리트 잔해가 사방으로 튀어 올랐지만 둘은 멈출 생각이 없었다.

서로 방어를 도외시한 채 오직 공격만을 주고받았다.

탄트론은 스스로의 방어력을 믿고 있었고 지후도 소울아머를 믿고 있었다.

탄트론의 공격에도 소울아머는 크게 상하지 않았고 그마저도 오늘 지후가 많은 몬스터를 사냥했기에 자체복구되었다.

그리고 그 사냥으로 제법 많은 영혼력을 모았기에 지후는 소울아머에서 보내주는 마력과 체력회복의 효과를 톡톡히 보며 전혀 지치지 않고 있었다.

탄트론도 지후도 서로의 공격이 상대에게 치명상을 입히지 못하고 있다는 사실을 알고 있었지만 공격을 멈추진 않았다.

지후의 주먹에 탄트론이라는 거신이 호텔을 무너뜨리며 처박혔고 탄트론은 굉음을 토해내며 콘크리트더미를 헤치고 나와 지후를 다른 호텔에 처박았다.

둘은 계속해서 박고 박히는 공방을 주고받으며 공격을 해갔다.

자신의 생각과는 다른 상황이 전개되자 탄트론의 안광에선 지후를 향해 레이저 공격을 쏟아냈다.

지후는 소울아머의 실드로 막아보고는 자신감이 생겼다.

아직은 아니지만 몬스터를 죽이고 죽이다보면 영혼력은 계속 늘어날 테고 어떤 공격이라도 막아낼 수 있을 거라는 생각이 들었다.

그후 주먹을 내지르며 공격을 이어갔다.

"소울 스트라이크!"

지후가 지후의 고함과 함께 일직선으로 주먹을 뻗자 황금빛 섬광이 일직선으로 탄트론의 안면을 향해 뻗어나갔다.

탄트론의 얼굴은 마치 폐차장에서 차량을 압축기에 넣은 것 마냥 찌그러져있었다.

하지만 탄트론의 얼굴은 시간이 지남과 함께 점점 부풀어 오르며 제 모습을 찾아갔다.

드론이 보내오는 영상을 보며 대한민국의 사람들은 그저 아무 말도 하지 못하고 있었다.

화면은 모래바람과 무너진 건물들의 먼지로 인해 뿌옇기만 했고 그저 '쾅쾅!' 폭음소리만 들려왔기 때문이다.

'와 소울아머 이거 정말 어마 무시하네. 저 무시무시한 고철의 공격을 다 받아내고. 이거 화경일 때 이것만 있었어도 카이온이나 팔로스한테 그 고생은 안 해도 됐을 것 같은데.'

진심으로 소울아머의 성능에 만족을 하고 있는 지후였다.

그랬기에 탄트론에게 지후는 그동안 카이온이나 팔로스에게 느꼈었던 긴장감은 느끼지 못했다.

약점만 찾는다면 언제든 이길 수 있는 상대였고 지금도 계속 약점을 찾기 위해 탄트론의 전신을 두들기고 있었다.

아까 전 쓰러 뜨려던 스톤골렘들의 몸에도 내핵의 위치가 제각각이었기에 지후는 침투경을 이용해 탄트론의 내부를 계속 공략했다.

드디어 전신을 공격하며 반응이 오는 곳을 찾았고 처음으로 탄트론이 움찔하는 것을 느꼈다.

하지만 약점으로는 느껴지지 않았다. 그저 본능일 것이라고 생각했다.

'아! 너도 남자냐?'

탄트론이 움찔 반응을 한 곳은 인간으로 치자면 남성의 상징이 있어야 할 부분이었다.

'근데 저런 깡통이 생식기가 있을 리가 없잖아.'

본능적인 건가? 뭐 느낌적인 느낌 같은?

지후는 계속 공격을 했고 혹시나 하는 마음으로 탄트론의 중심이 있을 법한 위치에 강기를 날렸다.

탄트론이 아까보다 더욱 격하게 반응했고 지후는 드디어 탄트론의 내핵의 위치를 찾을 수 있었다.

'남자끼리 거길 때리는 게 반칙인 건 아는데. 넌 인간이 아니잖아! 애초에 남자인지 아닌지도 모르겠고!'

"불알이 내핵인가."

탄트론은 자신의 약점이 지후에게 노출되었다는 사실을 눈치 챘고 더욱 흉포하게 굉음을 토해내며 흉폭 하게 주먹을 휘둘렀다.

쾅! 쾅! 콰아앙!

탄트론의 주먹이 지나간 자리는 모든 것을 짓이겨 놓았고 으스러뜨려 놓았다.

지후는 전신의 내공을 일으키며 탄트론의 몸을 충분히 가를 수 있을 법한 10m 정도 되는 심검을 만들어 내고 있었다.

지후의 두 손이 심검을 어색하게 맞잡았다. 아니 끌어 안았다.

하지만 그 크기를 이기지 못한 건지 하늘을 향해 꼿꼿하게 서있었던 심검은 땅을 향해 내려왔다.

쿠우우!

심검은 바닥에 처박혔다.

하지만 지후는 기합을 내지르며 다시 심검을 수평으로 들었고 탄트론을 향해 찔러 넣었다.

"그따위 조잡한 검으로 나를 베겠다고!"

탄트론도 그동안 수많은 차원을 멸망시켰고 자신의 별에서 최고의 전사였다.

그랬기에 지후를 죽이기 위해선 살을 주고 뼈를 취해야 한다는 생각이었고 저 무지막지한 황금빛 검이 자신의 몸을 베더라도 받아들일 생각이었다.

어차피 상처야 수복될 거라는 생각이었고 잠깐의 고통만 참으면 저 쥐새끼 같은 놈을 죽일 수 있다는 생각이었고 잠시 뒤면 자신의 일격에 으깨질 지후를 생각하며 지후를 향해 주먹을 들고 돌진했다.

탄트론도 최후의 일격이란 생각으로 자신의 모든 기운을 오른 주먹에 주입했고 탄트론의 주먹은 지후 못지않은 황금빛 권강을 일으키며 지후를 향해 매섭게 쏘아졌다.

하지만 탄트론의 황금빛 권강은 지후에게 닿지 않고 그 빛을 잃어갔다.

"가라!"

지후는 기합을 내지르며 탄트론을 향해 검을 찔러 넣었다.

아니 검을 날렸다.

한 지점을 향해서 묵념을 하며.

"끄아악! 거긴 안 돼!"

지후가 만든 심검은 탄트론의 주먹보다 훨씬 리치가 길었다. 그리고 지후는 사실 심검을 들 필요가 없었다.

지후는 이기어검으로 심검을 펼쳐 한 지점을 향해 날려 버린 것이다.

처음부터 검을 제대로 쥐지 못하는 척 잠깐의 방심을 유도했을 뿐.

자신이 이겨내지도 못할 무기를 사용할 정도로 지후는 어리석지 않았다.

지후의 무지막지한 심검은 탄트론의 중심? 불알? 의 위치에 정확하게 관통했다.

탄트론의 무식한 주먹은 지후에게 닿지 못한 채 그 빛을 잃었고 탄트론의 붉은 안광도 점점 빛을 잃어갔다.

쿠우웅!

탄트론은 양 무릎을 바닥에 꿇으며 쓰러졌다.

그저 허무하게 자신의 내핵을 관통한 검을 바라볼 뿐이었다.

"이…. 이 자식…. 남자라는 놈이 그곳을…."

"네가 인간도 아니고. 어차피 고철인데. 뭔 상관이야."

물론 인간이었어도 약점이 그곳뿐이라면 아무렇지 않게 찔렀을 지후였다.

탄트론의 육체는 점점 빛과 함께 사라져갔다.

탄트론이 죽자 탄트론의 던전은 사라져 버렸고 그 곳에 있던 몬스터들은 싸워보지도 못하고 세상에서 지워졌다.

지후는 갑옷을 조종해 투구만 사라지게 한 뒤 입을 벌리고 담배를 물었다.

"후~~~ 전투후의 한 대는 정말 꿀맛이군."

전투가 지난 뒤 10분 정도가 지나자 어느 정도 모래와 콘크리트 먼지가 사라지며 주변의 모습이 보이기 시작했다.

드론의 영상을 바라보는 사람들은 10분정도 전부터 어떠한 폭음소리도 들리지 않자 더욱 긴장이 고조됐고 손이 홍건해 지는 것도 모른 채 화면만을 바라봤다.

몇몇 사람이 드론이 고장 난 것 아니냐며 따졌지만 채널을 돌려도 다른 방송들도 마찬가지였다. 드론의 신호는 정상이라는 대답이 돌아왔고 사람들은 그저 기도를 하며 화면을 바라볼 수밖에 없었다.

10년 같은 10분이 흐르자 화면에는 한 사내의 모습이 들어왔다.

한 남자가 바다를 바라보며 백사장에 앉아 있었다.

화면이 조금씩 보이자 드론을 이동시키며 그 남자를 살폈다.

그의 앞엔 담배꽁초가 무수히 쌓여있었고 여전히 담배연기를 뿜으며 바다를 보고 있었다.

그리고 그의 얼굴을 확인하자 동시다발적으로 대한민국 전역엔 함성이 울려 퍼졌다.

전 국민이 환호성을 질렀고 대한민국 전역은 지진이라도 난 것처럼 살았다는 행복감에 들썩였다.

27. 결혼식

　지후는 탄트론을 쓰러트리고 나온 아이템을 보고 역시라는 미소를 지었다.

　지후는 눈앞에서 빛을 내고 있는 반지를 낚아채 어떤 아이템인지 빠르게 살폈다.

　황금빛 반지는 지후에게 빛을 밝히고 있었고 반지에는 기하학적인 문양들이 새겨져 있었다.

　지후는 오른손의 중지에 반지를 끼었다.

　그리고 내공을 주입하자 지후의 앞에는 황금빛을 뿜내는 5m의 몸집을 하고 있는 골렘이 나타나 한쪽 무릎을 꿇고 지후를 바라보고 있었다.

　지후는 백사장에 앉아 담배를 물었다.

그리고 눈앞의 골렘을 바라봤다.

겉모습은 탄트론과 거의 흡사했다. 등에 있는 날개까지.

크기만 반으로 줄어든 것만 같달까?

그저 붉은 눈빛으로 자신을 아무 말 없이 바라보는 골렘을 바라보며 지후는 입을 열었다.

"벙어리냐? 이름이 뭐야?"

[이름을 지어주십시오. 마스터.]

"이름이 없어? 그럼 아무거나 알아서 해."

[이제부터 제 이름은 아무거나 알아서입니다.]

"스탑 스탑! 이 새끼가 융통성 없게!"

[이해할 수가 없습니다.]

'이름이라…. 이름….'

"따까리. 따까리로 하자."

[따까리 맞습니까?]

'아까는 토 안 달았잖아? 뭐지 이 새끼.'

"응. 따까리로 해."

[따까리 인사드립니다. 마스터.]

골렘은 지후를 바라보고 있던 고개를 숙이며 지후에게 인사했다.

"그래 그래. 너 성능은? 나한테는 그냥 소환 골렘이라고만 나와 있었는데. 자세히 설명해봐."

[이제부터 저는 오직 마스터의 명령만 듣습니다. 그리고

능력은 다른 골렘들과 같습니다. 웬만한 상처는 자체적으로 복구가 되며 만약 명령을 실행할 수 없을 정도로 제가 망가지면 저는 마스터가 저를 소환하시던 반지로 돌아가 회복을 합니다. 저의 내핵은 마스터의 반지 속에 있기에 마스터가 반지를 잃어버리지 않는 한 저는 파괴되지 않습니다. 혹시 마스터가 반지에 마력을 주입해 주신다면 저도 빠르게 회복이 가능합니다.]

'음 탄트론 주니어네.'

"방어력이나 공격력은?"

[마스터께서 상대하셨던 탄트론. 저의 아버지의 모든 기술을 저도 사용하며 아버지와 비교하면 50% 정도의 능력을 냅니다. 시간이 지날수록 저도 성장합니다.]

"탄트론이 아빠…라고?"

'난 아빠를 죽인 원수인가?'

[그저 제 머릿속에 있는 정보가 그렇게 말하고 있습니다. 그를 베이스로 만들어졌다고 보면 됩니다. 저는 오직 마스터의 명령만 따르도록 되어 있습니다.]

"그… 그래…."

'근데 탄트론의 50%라고? 그럼 스톤골렘보다도 훨씬 강하다는 건데? 얘도 화경급이라는 소리네. 그런데 성장형이라고? 대박이다.'

"그럼 이만 돌아가. 아직은 눈에 띌 필요는 없지."

[알겠습니다. 마스터.]

따까리는 바로 황금빛을 내며 지후의 반지 안으로 사라졌다.

아직은 뿌연 모래먼지와 콘크리트의 먼지가 가라앉지 않았기에 아무도 지후가 골렘을 소환할 수 있다는 사실을 몰랐다.

지후는 더 이상 방법이 없을 거라고 생각했지만 파수꾼 셋을 쓰러뜨리고 얻은 아이템을 생각하며 자신감을 되찾고 있었다.

윌슨이 말한 것처럼 시한부라는 생각이 약간은 남아있었지만 팔로스가 말한 것처럼 후회가 없는 삶을 살고 싶어졌다.

그리고 최대한 지키며 발악을 해보겠다고 다짐했다.

화면에 들어오는 선명한 지후의 얼굴에 전 국민이 환호성을 질렀고 대한민국 전역은 지진이라도 난 것처럼 살았다는 행복감에 들썩였다.

전투가 끝났음에도 드론은 끊임없이 영상을 보내고 있었다.

최대한 그의 모습을 담아두겠다는 듯이.

그 마음은 모두가 같았는지 다들 화면에서 눈을 떼지 못했다.

어느새 지후의 곁으로 지후의 팀원이라는 세 사람이 나타났고 즐거운 얼굴로 웃으며 떠들고 있었다.

그리고 미라클 길드가 나타났고 지후와 축하를 나눴다.

하지만 화면을 바라보는 사람들의 마음속엔 어느새 살았다는 기쁨보다는 불안감이 자리 잡고 있었다.

이제 더 이상 이지후는 대한민국에서 살고 있지 않았기에.

대한민국의 어리석음으로 인해서 인재를 놓쳤다.

그것도 전 세계 최고의 헌터를.

화면속의 그는 무척 잘생겼지만 아직은 장난기가 있는 얼굴을 하고 있었다.

아직은 어려보이는 저 청년은 아무조건 없이 대한민국을 구했다.

예전에도 그랬다.

그는 자신의 정당한 권리를 주장했었을 뿐이지만 모두 질투에 눈이 멀어 괜히 그를 욕했다.

자신들을 목숨 걸고 지켜준 저 어린 청년을.

다들 스스로의 마음속에 돌을 던지며 스스로를 질책하며 화면을 바라봤다.

다들 같은 생각을 하고 있는 건지 우울한 표정을 하고 있었고 어떤 이들은 눈가에 물기가 고여있기도 했다.

지후는 오랜만에 대한민국에서 기자회견을 했다.

하지만 기자들은 조심스러웠고 지후에게 누구도 질문을 하지 않았다.

이제는 자신들이 어떤 잘못을 했었는지 제대로 실감하고 있었기에 클릭을 위해서 이상한 질문을 하고 그런 기사를 쓸 생각이 없었다.

"오랜만에 대한민국에 왔는데 어째 질문하나가 없네요. 그럼 그냥 저 갈까요?"

"아… 안됩니다!"

다급하게 기자는 안 된다는 말을 했지만 여전히 질문은 없었다.

좋은 질문과 좋은 대답도 꼬아서 쓰는 게 기자였다.

그리고 이곳에 있는 수많은 기자들은 서로를 불신했기에 누구도 어떤 질문도 하고 있지 않았다.

모두 한마음으로 지후를 위하고 있었지만 그동안의 일들로 인해 서로를 불신할 수밖에 없었다.

"그럼 그냥 제가 말할게요. 저는 대한민국 사람입니다. 대한민국에서 나고 자랐습니다.

이곳에서 학교를 다니고 졸업했죠. 그런 지인들이 있는 곳이 대한민국입니다.

제 아버지가 그러시더군요. 너는 지인들이 죽어서 장례식을 할 때나 대한민국 땅을 밟을 거냐고.

그들의 눈물과 원망을 감당할 수 있겠냐고.

제가 아무리 강하다 한 들 저도 한 사람의 인간이고 감정이 있습니다.

지난번처럼 모두가 저를 외면하지 않는 한 여러분이 걱정하시는 것처럼 대한민국에서 위험을 겪을 때 외면을 할 생각은 없습니다.

제가 미국에 살고 영국에 살아도 그건 변하지 않을 사실이죠.

여러분. 워프한번이면 못 갈 곳이 없습니다.

1초 후에 저는 미국에 있을 수도 영국에 있을 수도 있습니다.

그리고 언어야 아이템이 있으니 어디에 있어도 똑같죠.

그러니 제가 어디에 있다고 특별할 건 없습니다.

뭐 그래도 대한민국은 저에게 특별한 곳이긴 하죠.

좋은 기억, 지우고 싶은 기억, 그런 추억들이 있는 곳이니까요.

그런 곳은 대한민국이 유일합니다.

그러니 언젠가 제가 목동 자택에서 나와도 놀라지 마세요.

그냥 집이 좀 여러 개라 돌아다니면서 잔다고 생각하세요.

그럼 편해요."

지후는 말을 마치고 카메라를 향해 고개를 숙인 뒤에 차를 타고 오랜만에 목동의 자택을 찾았다.

그곳에서 하룻밤 묵고는 다시 뉴욕으로 워프 했다.

가장 편한 곳은 아직은 뉴욕이었다.

비버리힐스에는 부모님이 있었고 목동의 요새에는 지현과 매형이 별관에 살고 있었기 때문이다.

지후의 갱년기는 어디가고 예전보다 더욱 마이 페이스가 심해졌고 더욱 미친놈이 되어 있었다.

왜냐고?

앞으로 후회 없이 즐기며 살고 파괴자에게도 발버둥을 쳐 볼 생각이었기 때문이다.

지후는 버킷리스트를 만들었고 그걸 작성하자 바로 행동으로 옮겼다.

가장 쉬운 것부터 하나하나 해볼 생각이었다.

결심이 서자 지후는 아영과 소영을 불렀다.

그리고 두 사람에게 청혼을 했다.

여자들이 꿈에 그리던 프러포즈를 어떻게 했냐고?

아마도 들으면 다들 미친놈이라고 할 것이다.

원래 미친놈이지만 설마 그런 말을 그렇게 할 거란 상상은 누구도 못했을 테니까.

뭐라고 했냐고?

지후는 두 사람을 불러놓고 딱 한마디 했다

"너희 둘 앞으로 내 왼팔과 오른팔이 되라."

"무슨 소리에요?"

두 사람은 놀란 눈을 하고 합창이라도 하듯 같은 말을 지후에게 물었다.

"죽기 전까지 내가 왼쪽, 오른쪽, 한쪽씩 팔 베게 해준다고."

"헐."

"그게 프러포즈에요?"

그동안 그렇게 고백을 할 때는 무시하더니….

그런데 갑자기 프러포즈를 이렇게 하다니….

아무리 무드도 매너도 없는 사람이라는 건 알았지만….

한 여자도 아닌 두 여자에게 동시에 왼팔과 오른팔이 되라니….

기쁘기도 했지만 여자의 로망과 환상은 철저하게 깨졌고 두 사람은 주먹을 부르르 떨었다.

"응. 그런데 너희들 혹시 담배 피냐? 뭐 그리 손을 떨어?"

우리도 여잔데… 좀 이럴 땐 분위기 있고 진지하게 해주면 안 되냐고!

"좀 제대로 해줄 수 없어요?"

"한 번 있는 프러포즌데…."

"그럼 너희는 제대로 해줄 사람 만나. 나는 즐기고 살기도 바쁘니 나는 다른 사람을 찾아볼게. 그동안 고마웠다. 뭐 같이 계속 일해도 상관은 없는데 너희가 불편해서 팀 옮기고 싶으면 미리 말하고."

이 인간이!

결국 두 사람은 항복을 했다.

아니 항복이 아니었다. 어차피 선택지는 하나였다.

지후와 두 사람은 사랑에 있어선 철저한 갑을관계였으니까.

지후는 무림에서 한 여자와 살아봤다. 그래서 이번에는 버킷리스트에 두 여자와 살아보기라는 글이 있었고 실행으로 옮겼다.

왜 모두가 지후를 가리켜 개상마이웨이라고 부르는지 버킷리스트의 목록을 봤다면 단숨에 고개를 끄덕였을 것이다.

지후는 다음 날 폴에게 이 사실을 알렸고 그날 저녁 오마바는 기자회견을 하며 S급 능력자에 한해 일부다처제를 시행한다며 알려왔다.

그래야 지후가 미국에서 결혼을 하고 미국시민이 될 테니까.

미국의 발표가 있자 이상함을 느낀 대한민국이나 영국 등도 빠르게 미국처럼 일부다처제를 시행한다며 알려왔다.

지후는 아영과 소영을 데리고 윈저 성으로 와있었다.

윌슨과 지수의 결혼식이 지후와 합동결혼식으로 바뀌었기 때문이다.

지후와 윌슨은 턱시도를 입고 소파에 앉아 있었고 여자들은 성으로 찾아온 디자이너들과 웨딩드레스를 입어보며 고르고 있었다.

"형님…."

"하…."

두 사람은 몬스터들과 전투를 할 때보다 더 흥분해 있었다.

'무림에서와는 너무 달라. 무림에서는 이렇게 신경 쓸 일이 많지 않았다고! 저런 드레스… 다 없어져야 하는데….'

이런 말이 있다.

결혼식은 부부가 같이하지만 부부를 위한 게 아니라고.

신부를 위한 거라고.

윌슨과 지후는 이 말을 실감했다.

윌슨과 지후는 이 부분만은 어느 남자와도 다르지 않았다.

어떤 결혼식을 하고 싶다는 생각 따위는 없었고 그런 로망은 신부들에게나 있는 거였다.

두 사람은 벌써 20벌이 넘는 드레스를 입은 모습을 보았기에 진이 빠져있었다.

여자 셋이 모이니 그 기세가 어마어마했다.

더 이상 다양한 패턴이 없는데 세 여자는 계속 새로운 멘트를 요구했다.

특히 지후는 두 사람에게 다른 말을 해줘야 하니 심력이 고갈되는 것을 느끼고 있었다.

하지만 이 지옥 같은 힘든 시간도 윌슨으로 인해 마무리되었다.

그리고 이 상황을 종결시킨 윌슨에게 지후는 진심으로 고마움을 느꼈다.

윌슨에게 처음으로 느낀 고마움이었고 상황이 상황이다 보니 지후는 윌슨이 생각보다 모자란 게 아니었을지도 모른다는 생각이 들었다.

만약 이 일이 지능적인 계산을 깔고 했던 짓이라면 윌슨은 바보를 연기하는 천재였을 테니까.

상황은 5분 전으로 거슬러 올라간다.

"윌슨. 이 드레스는 어때?"

지수는 윌슨의 앞에서 아이돌 시절 보여줬던 턴 동작과 눈웃음을 지으며 한 바퀴 돌고 있었다.

"그거 너무 노출이 심한 거 아니야?"

"그래? 그래도 이 정도는 괜찮지 않아?"

지수는 짧은 미니 드레스를 입고 있었고 가슴과 등은 많이 파여 있었다.

"근데 그거 입으면 브레지어는 안 해?"

옆자리에 있던 지후는 뭔가 좋지 않은 느낌이 들어 윌슨을 바라봤고 열리고 있는 윌슨의 입을 틀어막고 싶었다.

하지만 윌슨의 입이 조금 더 빨랐다.

"하긴 뭐 티도 안 나려나. 그럼 상관없겠네."

지후는 순간 큰일이 났다는 생각이 들었다.

지수의 눈가는 파르르 떨리고 있었고 그걸 바라보는 지후는 주변에 천둥이 치는 것만 같았다.

그 순간 지후의 머릿속에는 하나의 영상이 재생됐다.

헌터의 법칙 촬영을 갔을 때 비키니를 입은 지수에게

남자 갑빠 같다는 말을 하고 얼마나 시달렸는지를.

"이 미친 새끼가! 그럼 너는 팬티를 왜 입는데! 물건도 손
가락 만 한 게!"

지수는 월슨에게 소리를 지르며 달려들어 손톱으로 얼굴
을 난도질 하고 있었다.

아영과 소영은 지후에게 다가오던 걸음을 멈추고 디자이
너들과 사뿐사뿐 뒷걸음을 치고 있었고 지후는 괜히 이번
드레스가 어쩌고저쩌고 하면서 아영과 소영에게 천왕보로
다가갔다.

월슨의 비명이 성에 울려 퍼졌고 비명이 끝나고 10분이
지나서야 지후는 다시 거실로 나갔다.

월슨의 얼굴은 지수의 손톱자국으로 난도질이 되어있었
고 월슨은 소파에서 눈물을 훌쩍이고 있었다.

지후는 이 피곤하고 지옥 같았던 드레스를 고르는 시간
을 종결시켜준 월슨을 바라보며 마음속으로 고맙다는 말을
남겼다.

어느덧 결혼식은 일주일을 남겨두고 있었고 지후는 월슨
이 하는 짓을 보며 한숨을 내쉬고 있었다.

월슨은 드레스 사건이 있고 열흘이나 지난 지금까지도
지수와 말 한마디도 제대로 섞지 못하고 있었다.

아무렴 오빠가 한 말과 남편이 될 사람이 했던 말의 파장
은 달랐다.

"야! 정신 사나우니까 본채로 가던가! 왜 내 별채에 와서
지랄이야!"

"형님. 결혼식 준비과정에서 가장 많이 싸운다는 말이
맞나 봐요."

'네가 잘못했잖아…. 역시 이 새낀 그냥 바보였어. 상황
파악을 전혀 못하고 있어….'

지후는 윌슨으로 인해 정신이 사나웠다.

그 순간 지후의 핸드폰에서는 맑은 문자 알림 음이 울렸
다.

지후는 그것을 보자 인상을 썼다.

하지만 참고 종료버튼을 눌렀다.

결혼식이 이틀 앞으로 다가왔고 지후는 점점 심란해지고
있었다.

결혼식이 코앞인데… 괜히 결혼하기 싫어지네….

시간이 지날수록 뭔가 도살장에 끌려가는 소가 된 기분
이란 말이지.

띠링!

오늘도 잊지 않고 스팸문자가 지후의 핸드폰으로 맑은
음을 토해냈다.

그리고 지후는 문자함에 싸인 스팸문자들을 읽어 내려갔
다.

〈 [Web발신]

(광고)

F l 가 l 미

U l 격 l 러

L l 파 l 쵸

L l 괴 l 스

무료거부080.000.0000 〉

세로로 읽어야 되네…….

〈 상위 0.1% 아가씨들과의 짜릿한 시간!

1시간 28만

2시간 55만

2샷부턴 상담.

출근부에서 실사를 확인 하세요^^ 〉

0.1%?! 그냥 실사만 한 번 확인해 볼까?

〈 강남

VIP전신케어로드샵

비밀스러운마무리

출근부

HTTP://Me2.DO/xxxxxxxx

전화

010-1111-1111 〉

비밀스러운 마무리라고…?

결혼 전에 나도 관리를 받기는 해야 할 텐데?

〈 섹기넘치는쇼걸들의 환상적인 스트립자위쇼&짜릿한

입에물빼기

http://me2.do/xxxxx 〉

꿀꺽.

〈 실제로보는

라스베가스식

올누드스트립+@까지

20대이쁜이들의

s.v

http://me2.do/123456 〉

이쁜이래잖아… 결혼하기 전에 딱 한 번만…. 윌슨을 끌

어들여 볼까…? 걸리면 덮어씌우고?

〈 (광고)

맥스

매총5%

축/꾸+0.05

4달 1.99

주 mx-ka

소 C o m

추 kg57

무료수신거부

080-123-4567 〉

〈 [회원공지}

−사용주소바낌

−첫+10%++.매+5%++

−오면+4만++

가기→ xxx.xxxx.net 〉

나 회원가입한적 없거든!

〈 [회원공지내용]

−이용주소 바낌

−無꽁+4마원(출책)

−[첫10+%][매5+%] 〉

나 도박 해본 적 없거든.

아니 무림에서 해보긴 했지.

재산의 대부분을 날리고서야 멈췄지.

근데 한 번 해볼까? 궁금하긴 한데….

내 성격에 하면 끝장을 보겠지.

돈이라도 잃으면…. 아유…. 전쟁이지.

〈 [Web발신]

비갠뒤 화창한 날씨~^^

하지만 월요일이라 힘드시죵!

먼저 5만 드려볼게욥~

힘내세욧

xxxxx. COM 〉

내가 대한민국 날씨를 스팸문자로 알아야 돼?!

〈 (광고)강남이

선릉 야구장 이전오픈했습니다 문의,예약주세요^^

무료수신거부080.111.2222 〉

야구장? 여긴 운동하는 곳인가?

〈[Web발신]

전설적인 야구선수가 차린 가겐가??

그래. 야구만 하고 오는 거야 야구만.
내가 돈이 없는 것도 아니고! 야구할 돈은 충분히 있지.
자꾸 이런 문자가 오면 가보고 싶잖아.
호텔식 마사지 나도 참 좋아한단 말이야!
우즈벡, 러시아, 미국 18만이라잖아!
내가 돈이 없는 것도 아니고!
그리고 도박은… 내 성격에 하면 끝장을 볼 텐데….
겨우 참고 있는데.
만약 내가 잃는다면 재앙이 잃어나겠지.

내가 왜 대한민국의 날씨를! 비가 왔다는 사실을 스팸문자로 알아야 되지?

"폴."

지후는 반대편에 앉아서 차를 홀쩍이고 있는 폴을 불렀다.

"네. 말씀하시죠."

"스팸 알지?"

"햄 말씀이십니까?"

"맞을래? 아직 나한테 맞아본 적 없지?"

"죄송합니다. 윌슨씨가 이런 개그를 자주 하시기에."

'어울릴 사람이랑 어울려라. 인간아. 점점 주변에 이상한 놈들만 늘어 나냐.'

"이것 봐봐. 문자가 상당히 거슬려. 내가 저번에 침대에 누워있는 1주일동안 80통의 문자를 받았는데 전부 스팸문자였어. 그런데 매일 10통 이상 이런 것들이 오고 있어."

결혼식 준비과정에서 어쩔 수 없이 스트레스를 받고 있었고 그것을 풀 곳이 필요했다.

폴은 대체 어떻게 대답을 해야 할까 망설여졌다.

"어… 어떻게 할까요?"

"전부 쓸어버려. 내 핸드폰에 연락 온 거 전부 추적해서 털어버려. 아니 아예 다른 놈들까지 싹을 뽑아. 앞으로 나한테 보낼 놈들까지."

'앞으로 보낼 놈이 누군지 어떻게 알아요!'

라는 마음속 외침을 폴은 참아냈다.

"스팸이라는 게 워낙 용의주도하게 숨어서 보내는…."

"그래서 못하겠다고? 그럼 내가 할게."

"아, 아닙니다. 닭 잡는 데 소 잡는 칼을 아니 드래곤 잡는 주먹을 쓸 수는 없지요."

'자꾸 가고 싶어져서 안 되겠어. 눈에 안보이게 해야지. 근데 야구는 스포츠니까 괜찮지 않나? 그리고 나도 결혼식 전에 아영이나 소영이처럼 관리를 받아야 하지 않나? 전신 케어라고 했나?

"그런데 말이야. 혹시 대한민국으로 출장 갈 생각 있어?"

"네?"

"야구장 가서 응원 좀 할까?"

"대한민국 프로야구가 엄청 재미있다죠?"

너도 남자였구나.

그 때 등 뒤에서 서늘한 기분이 느껴졌고 아영과 소영이었다.

폴은 다급하게 스팸문자를 보낸 곳들을 쓸어버리겠다며 자리에서 일어나 사라졌고 지후는 홀로 싸늘한 시선을 견뎌야 했다.

폴은 이 사실을 오마바 대통령에게 알렸고 바로 전 세계에 있는 CIA 지부로 명령이 하달됐다.

세상의 모든 스팸문자를 보내는 유흥업소와 도박 사이트들이 대상이었고 중국과 대한민국에서 가장 많은 희생자가 나왔다.

◇

지후의 거실에는 아영과 소영, 지수와 윌슨, 폴까지 모두 여섯 사람이 TV를 보고 있었다.

바로 뉴스속보로 방송되고 있는 방송이었다.

독일, 스페인, 네덜란드, 브라질, 나이지리아, 일본, 중국까지 S급 던전이 나타난 모든 나라가 보스몬스터를 죽이고 웨이브를 막았다는 사실이다.

그리고 피해는 지후가 막아낸 세 곳과 비슷한 수준이었다.

황당한 건 테러조직인 디스트로이가 일본과 중국을 제외한 다섯 국가의 웨이브를 막았다고 방송하고 있었다.

그리고 이제 최고는 이지후가 아니라 자신들이라는 말도 서슴없이 하고 있었다.

지후는 심기가 불편했다.

'저 놈들도 나처럼 아이템을 얻었나? 설마 그렇다고 나보다 세다고? 아니 그전에 대체 무슨 수로 막아낸 거지? 나도 죽을 고비를 넘기면서 막아냈는데. 중요한건 팔로스의 말대로라면 이제 시간이 거의 남아있지 않았어. 10명의 파수꾼을 죽이면 파괴자가 나타난다고 했으니까… 그래서 좀 천천히 파수꾼들이 죽기를 바랬는데… 이제 정말 시간이 별로 없네.'

이 사실을 알고 있는 세 사람의 안색은 모두 좋지 못했고 조금이라도 후회를 남기지 않기 위해 일상을 열심히 보냈다.

지후는 폴에게 어떻게 된 일인지 알아보라고 말한 뒤 다시보기 서비스로 드라마를 틀었다.

그리고 지후는 누워서 담배를 피며 TV를 보고 있었다.

지후의 매너 없는 행동에 더 이상 못 참겠다는 듯이 소영은 지후에게 한마디 했다.

그리고 아영도 합세했다.

"오빠 담배 좀 끊어!"

"네가 적응해."

"나랑 키스할 때도 그렇게 담배냄새 풍기면서 할 거야?"

"응. 네가 적응해. 담배를 왜 끊어. 너를 끊으라면 끊겠지만."

"뭐라고! 지금 이틀 뒤에 결혼할 사람이 그게 할 소리야?"

"여자는 오래만나면 질린다고 하잖아. 근데 신기하게도 담배는 안 그래. 여자가 질려서 바꾸면 욕을 먹는데 담배는 다른 거로 바꿔도 욕을 안 먹어. 이게 참 재밌는 게 독한년도 있고 순한 년도 있고 시원한 년도 있고, 아무튼 요즘은

종류도 워낙 많아서 질릴 틈도 없어. 그러니까 너희가 적응해. 그리고 내가 질리지 않게 잘해."

"……."

소영과 아영은 할 말을 잃었다.

뭐 저런 말도 안 되는 논리가 다 있단 말인가.

"싫으면 결혼 하지 마."

"오빠 지금 말 다했어!"

"지후씨! 해도 되는 말이 있고 하면 안 되는 말이 있어요!"

"아직 안 늦었어. 취소할까?"

지후의 버킷리스트에는…. 이혼도 있었다.

'이혼이나 파혼이나 비슷하겠지? 버킷리스트에는 파혼은 없었는데. 뭐 그 정도는 수정하면 되겠지. 내가 사별은 해봤는데 그건 두 번 할 건 못되더라고.'

지후의 버킷리스트에는 이상한 것 천지였다.

웬만한 건 다 해봤기에 해보지 않은 것들을 적어놓았고 그것들은 정말 미친놈소리를 듣기에 충분한 것들이었다.

아영과 소영은 고개를 숙였다.

이제 와서 어쩌란 말인가.

사랑은 언제나 더 많이 사랑하는 쪽이 약자인 것이다.

결혼을 한다고 위치가 바뀌는 건 상식적인 집안이나 가능한 일이다.

이지후라는 인간이 결혼을 한다고 그 개샹마이웨이가

어디로 가는 것이 아니라는 사실을 두 사람은 실감했다.

역시 사람은 겪어봐야 아는 것이다.

"단점도 감싸 안아 주는 게 사랑, 좋지 않은 것도 좋게 봐주는 게 사랑이란 말이 있잖아."

갑자기 지후의 다정하고 진지한 말투에 아영과 소영은 숙이고 있던 고개를 들고는 혹시나 하는 마음으로 로맨틱한 뭔가를 기대했다.

"난 그래서 너희를 사랑하긴 하나 봐. 너희가 담배 갖고 트집 잡는 걸 보고도 이렇게 넘어가는 걸 보면."

미친… 우리가 당신을 얼마나 봐주고 있는데…. 사랑한다는 말을 이런 식으로….

로맨틱한 말은 개뿔… 당신한테 기대한 우리가 모질이다.

어느덧 결혼식 하루 전이 됐고 온 가족이 모여 식사를 하고 있었다.

다른 가족들은 다들 제대로 밥을 먹고 있었는데 아영과 소영, 지수 이렇게 세 사람은 젓가락을 깨작거리고만 있었다.

지후는 자신의 우측에 앉아 있는 소영에게 물었다.

"뭐하냐? 밥 안 먹어? 왜 깨작거리고 있어?"

얘가 혹시 결혼하기 싫은 건가?

"안 돼요. 내일 드레스 입으려면 최대한 굶어야 되요."

너네 충분히 날씬하거든?

"네가 뺄 살이 어디 있다고?"

지후의 말에 소영은 얼굴이 붉게 달아올랐다.

"그래도 다이어트 해야 되요…."

"지수처럼 연예인이라도 하게? 괜한 짓 하지 마. 내일 밤이면…. 아무튼 그러다가 지수처럼 빈약해지면 어쩌려고."

지수는 순간 밥상을 엎어버릴까 싶었지만 참아냈다.

부모님도 있고 내일 결혼식이라는 사실도 있었지만 태교에 좋지 않다는 생각이 들었기 때문이다.

"불편하게 그러지 마. 그냥 나만 보고 살아. 나만 보기엔 네가 조금 아깝긴 한데. 내가 욕심이 좀 많아서 나만 보고 싶어."

지후의 말에 소영은 얼굴을 붉히며 수줍게 고개를 끄덕였다.

지후는 파괴자와의 싸움이 얼마 남지 않았기에 최대한 좋아할만한 말이 뭔지를 생각하며 말하고 있었다.

다시 식사가 이어졌고 지후가 열심히 먹고 있자 이번엔 아영이 태클을 걸었다.

"지후씨. 그 날개 내려놓고 다리 드세요."

"왜?"

"날개 먹으면 바람피운 대요. 그러니까 그건 제가 먹을게요."

"그러니까 내가 먹을게."

"네? 왜요?"

"원래 연애라는 게 내가 해도 되는 걸 상대방이 해주는 거잖아. 근데 난 내가 할 일은 내가 하고 싶어. 바람을 펴도 내가 피는 게 마음이 편하지. 네가 피면 내가 짜증나잖아."

이걸 좋아해야 해? 말아야 돼? 욕을 해야 하나?

아영은 뭐라고 해야 할지 갈피를 잡지 못한 채 지후의 입으로 들어가는 닭 날개를 바라봤다.

"와~ 완전 닭살 커플들. 그럼 나도 질 수 없지."

역시 윌슨은 눈치가 없었다.

지수는 윌슨을 째려봤지만 윌슨의 입은 한번 열리면 터널시야처럼 앞만 봤고 주변을 보지 않았다.

"지수야. 어디서 타는 냄새 안나?"

다들 설마 하는 표정으로 바라봤다.

지후의 부모님마저 아니겠지 하는 표정으로 바라봤다.

그리고 윌슨은 지수를 바라봤다.

이글거리는 눈빛으로.

그리고 지수는 그 눈빛을 바라보며 눈으로 말하고 있었다.

'하지 마. 제발 말 하지 마!'

하지만 윌슨은 기어코 입을 열었다.

"지수야. 너를 향한 내 심장이……."

빠악!

지후가 앞에 놓여있던 닭다리를 윌슨의 미간에 명중시켰고 다행히 윌슨의 말을 멈출 수 있었다.

'내 속이 탄다. 속이 타.'

윌슨으로 인해 부모님마저 열불 천불이 날 뻔했던 상황은 지후로 인해 간신히 진화되었다.

이제 자고 일어나면 내 양옆에 두 여자가 팔짱을 끼고 있겠지.

지금이랑 뭐가 많이 달라질까?

아무도 모르지만 이미 한번 가본길인데….

괜히 이런 저런 잡생각을 하고 있을 때 지후의 전화가 울렸다.

지후는 발신자를 확인한 후 반갑게 전화를 받았다.

발신자는 알 와이즈 왕자였다.

첫 만남부터 급격하게 서로의 공감대를 형성하며 가까워졌던.

"형. 웬일이야?"

[일단 결혼을 축하하네.]

"뭐 그런 말을."

[그리고 미안하단 말도 전해야 할 것 같군.]

"응? 갑자기 뭐가 미안해?"

[이번에 S급 던전 때문에 유럽에 있는 회사들의 피해가 심해서 아무래도 자리를 비우기가 힘들 것 같군. 그래서 자

네와 자네 동생의 결혼식을 참석하지 못할 것 같아.]

"에이 본지 얼마나 됐다고 괜찮아. 수습하느라 한 참 바쁠 텐데 이렇게 전화통화 했으면 된 거지."

지후가 미국에 오고 두 번 정도 사업차 미국을 방문한 와이즈 왕자와 만나서 밤새 술을 마셨던 지후였기에 딱히 결혼식에 참석하지 못한다고 해서 아쉬울 건 없었다.

[그래도 그게 아니지. 그래서 선물 하나 보냈네. 상황이 이래서 자네의 결혼식에 참석은 못하지만 선물은 잘 받아주게.]

"선물이 뭔데?"

[자네가 가지고 있는 전용기들이 너무나 작더군. 자네는 너무 겸손해. 엄연히 격이 다르거늘 그런 거 타고 다니면 욕한다네. 그래서 내가 좀 큰놈으로 하나 보냈네. 신혼여행은 꼭 그걸 타고 가게나. 설마 신혼여행을 워프로 갈 생각을 했던 건 아니겠지? 그럼 아마 자네 부인들이 낭만이 없다고 평생 들들 볶을 걸세.]

지후는 뜨끔했다.

안 그래도 저번에 그걸로 욕을 신나게 먹었기 때문이다.

'역시 인생의 선배로군. 형으로 삼길 잘했어.'

신혼여행을 가기 전 지후는 와이즈 왕자가 보내준 엄청난 크기의 선물을 보고 다시 한 번 역시 형으로 삼기를 잘했다는 생각이 들었다

돈은 썩어날 만큼 많았지만 딱히 지후는 쓰지 않았다.

다 선물로 받거나 뜯어냈으니까.

그러다 보니 자신의 돈으로 뭔가를 산다는 개념을 한동안 잊고 지내고 있었다.

결혼식은 성대한 합동결혼식으로 치러졌다.

각 나라의 대통령들이 모두 참석했고 사회적으로 이름이 있는 사람들은 두 커플의 결혼을 축하해 주었다.

잠깐 지후가 신랑입장을 할 때 조그만 소란이 있었다.

폴이 펑펑 울고 있었던 것이다.

다들 묘한 눈빛으로 신랑입장을 하고 있던 지후를 바라봤고 지후는 폴에게 전음을 보냈다.

[폴… 내 결혼식에 네가 왜 울어! 분위기 이상해지게! 너 진짜 나한테 맞아볼래?]

폴은 딸꾹질을 하며 식장에서 사라졌다.

다섯 사람은 축복 속에 결혼식을 마치고 신혼여행을 위해 비행기에 올랐다.

아니, 네 사람이 비행기에 올랐다.

지수는 임신 중이었고 한창 안정을 취해야 하는 시기였기에 신혼여행을 갈 수 없었다.

그런데 왜 세 사람이 아니라 네 사람이냐고?

지후는 새신랑인 윌슨을 끌고 왔다.

"윌슨 너라도 신혼여행 가야지. 지수가 못 간다고 네가 오늘 결혼을 안 한 건 아니잖아? 너라도 신혼여행 가서 지수 몫까지 즐겨야지."

이런 말도 안 되는 소리를 하며 월슨을 비행기에 태웠다.

　월슨은 비행기에 올라타서도 내리기위해 계속 반항을 했다.

　"오빠. 월슨은 아무래도 그냥 내리게 해주시는 게 좋지 않겠어요?"

　"맞아요. 지후씨. 월슨도 오늘 결혼한 신혼이고 지수도 혼자 있는 것보단 월슨이랑 같이 있는 게."

　지후는 아영과 소영의 머리를 모으고 월슨이 듣지 못하도록 작게 속삭였다.

　"짐꾼 하나는 있어야지."

　두 사람은 지후의 말에 그냥 체념한 듯이 고개를 끄덕였다.

　지후가 하는 말은 월슨을 신혼여행 내내 부려먹겠다는 소리였고 두 사람도 월슨이 편했기에 거부감은 없었다.

　어차피 방은 따로 예약이 되어 있으니까.

　"형님! 지수 혼자 두고 갈 수는 없습니다! 저는 지수의 곁을 지키겠습니다."

　"갈! 지수 옆에는 시녀들도 많고 부모님도 있으니까 문제없어. 거기 있어봐야 넌 방해야. 똥이나 싸겠지. 지수 좀 쉬라고 내버려둬."

　월슨은 지수와 생이별을 해야 했다.

　지후 나름대로의 속도위반에 대한 응징이었다.

결국 윌슨은 비행기에서 내리지 못한 채 목적지인 몰디브로 향했다.

와이즈 형의 선물인 비행기는 크기가 어마어마했고 내부 시설은 그 어떤 호텔도 부럽지 않을 정도로 좋았다.

아영과 소영은 비행기 내부를 둘러보며 너무나 좋아했다.

지후는 비행기를 타자 찜찜한 기분을 느꼈지만 옆에서 열심히 콧소리를 내며 교태를 부리는 아영과 소영으로 인해 그 찜찜한 기분에 대해 생각을 틈이 없었다.

아영과 소영은 지후에게 껌 딱지처럼 붙어서 온갖 애교를 부렸다.

두 사람은 전에도 지후에게 들러붙었지만 결혼을 하니 더욱 그 강도가 심해졌다.

그리고 얼마 남지 않은 시간이라는 걸 알고 있었기에 지후와 더욱 애정표현을 심하게 했다.

쪽! 쪽! 소리가 끊이지 않고 비행기에 울렸다.

윌슨은 그걸 지켜보다가 기내식이 올라오는 것을 느끼곤 몸을 돌려 잠을 청했다.

지후는 비행이 생각이상으로 길어져 스튜어디스에게 물었고 스튜어디스는 잠시 확인을 하고 오더니 태풍을 피해 안전하게 돌아가고 있다고 말을 했고 네 사람은 그 말을 믿었다.

스튜어디스의 속마음을 읽어봐도 사실이었기 때문이다.

하지만 네 사람은 착륙을 하기 전에야 뭔가 이상하다는 사실을 느꼈다.

그리고 착륙을 하고 펼쳐진 배경에 확신이 들었다.

그리고 이게 말로만 듣던 하이재킹이라는 생각이 들었다.

근데 비행기 안에서는 조용했는데?

이게 하이재킹이 맞나?

네 사람이 비행기에서 내리자 빵빠레 소리와 함께 음악이 울려 퍼졌다.

나팔소리와 북소리가 울려 퍼졌고 네 사람은 그저 황당할 뿐이었다.

네 사람은 그저 이 황당한 상황은 뭔가 혹시 몰래 카메라가 아닌가 생각을 했다.

하지만 이 황당한 상황은 오래가지 않았다. 정중하게 인사를 건네는 일본의 새로운 총리 하야토로 인해서 이곳이 일본이라는 사실을 알 수 있었다.

"안녕하십니까. 지후님. 처음 뵙겠습니다. 부족하지만 일본의 총리직을 맡고 있는 하야토입니다."

"이게 대체 무슨 짓이지? 난 신혼여행을 가고 있었는데. 죽고 싶은 건가?"

지후는 죽지 않을 정도로 살기를 뿌렸고 하야토 총리는 빠르게 지후에게 무릎을 꿇고 말을 이었다.

"노여우셨다면 정말 죄송합니다. 부디 기분을 풀어주십

시오. 저희가 와이즈 왕자님에게 부탁을 드렸습니다. 지후님이 신혼 첫날밤을 저희 일본에서 보내게 해달라고. 그동안 저희에게 안 좋은 감정이 있으셨던 걸로 압니다. 이제 제2의 인생을 시작하신 지후님에게 저희 일본이 달라졌다는 새로운 인상을 드리고 싶었습니다. 그리고 저희가 아무래도 지후님에게 큰 신세를 지고 있지 않습니까? 그래서 보답할 수 있는 방법이 뭘까 고민하다가 결혼 선물로 이런 이벤트를 준비했습니다. 오늘은 저희 일본에서 보내시고 내일 목적지인 몰디브로 떠나시면 안 되겠습니까?"

지후는 와이즈의 이름이 나오자 살기를 거뒀고 하야토 총리는 이마에 흐르는 땀을 닦으며 무릎을 꿇은 채로 말을 이었다.

"와이즈 형이 도와줬다고?"

"그렇습니다. 저희의 얘기를 들으시더니 흔쾌히 수락해 주셨습니다. 이런 소소한 이벤트도 나쁘지 않겠다고 하시면서."

"그래? 어디 한 번 보자고. 얼마나 준비했는지."

지후는 비행기에 타서부터 지금까지 찝찝한 기분이 계속됐지만 신경을 쓸 틈이 없었다.

옆에서 아영과 소영은 이런 것도 나쁘지 않다고 다 추억이라며 오히려 좋아하며 지후의 양팔에 팔짱을 끼어왔고 지후는 팔에 느껴지는 감촉으로 인해 빨리 밤이 오기를 바라며 총리가 안내하는 리무진에 올라탔다.

지후는 총리에게서 불쾌한 느낌을 받았다. 하지만 느껴지는 이 불쾌감에 대해 입 밖으로 말하지 않았다.

대신 지후는 아영을 바라봤다. 아영은 누구의 속마음도 읽지 않고 있었다.

오직 지후 자신에게만 온 정신을 집중하고 있었다.

그리고 이해할 수 있었다.

얼마 남지 않은 전쟁 전에 추억을 만들려 노력한다는 것을.

지후도 그걸 알기에….

그런 기억은 가지고 가고 싶기에 이 느껴지는 끈적함에 대해 말하지 않았다.

지후가 도착한 곳은 우레시노 현에 위치한 온천리조트였다.

지난 웨이브 때 무너지고 새로 지었는지 최신식 시설이었고 리조트에는 지후일행 뿐이었다.

총리는 좋은 시간이 되길 바란다는 말과 내일 모시러 온다는 말을 하고는 떠났다.

예전에 장난삼아 했던 말을 기억하고 있었는지 리조트의 종업원들은 기모노를 입고 있는 AV 여배우들이었다.

순간 지후의 머릿속에는 온천을 배경으로 했던 야구동영상들이 떠올랐고 혹시나 하는 생각이 들었지만 아영과 소영이 있었기에 눈치 채지 못 할 정도로 빠르게 곁눈질을 하며 지나쳤다.

하지만 윌슨은 달랐다.

비행기에서 내리겠다고 때를 쓰던 게 언제인지 망각한 채 종업원들과 웃음꽃을 피며 즐겁게 대화를 나누고 있었다.

지후는 윌슨이 부럽기도 하고 지수를 두고 웃고 있는 모습이 괘씸하기도 해서 뒤통수를 한 대 때리고는 방으로 이동했다.

"첫날밤이자 너의 마지막 밤이 될 것이다. 지난번에 당했던 그 치욕. 우리 일본에 했던 짓을 너와 부인들의 목숨으로 갚게 해주지."

총리는 차에 올라타서 조소를 짓고 있었다.

내일이면 저곳엔 아무도 없을 것이기에.

저녁까지는 시간이 있었고 지후는 밤까지 기다릴 수 없었다.

결국 지후는 밤이 되기 전 아영과 소영의 꿀을 빨았다.

윌슨이 저녁식사를 먹자고 방문을 두드렸고 세 사람은 저녁을 먹기 위해 방으로 나가려고 했다.

하지만 아영과 소영은 걸을 힘조차 없었다.

지후가 두 사람에게 내공을 불어 넣어주고 나서야 자리에서 일어난 두 사람은 지후와 함께 방을 나섰다.

그리고 식사가 시작되자 기모노를 입고 있는 배우들이 밥에 반찬을 올려주었다.

아영과 소영은 자신들이 하겠다며 지후에게 접근을 차단

했고 월슨만이 그 혜택을 누렸다.

하지만 지후로서는 그걸 용납할 수 없었고 우리끼리 먹을 테니 나가달라고 했다.

월슨은 투덜거렸지만 자신도 결혼을 했다는 사실은 알고 있었기에 더는 말을 하지 못했다.

정면에서는 눈꼴 시리게 아영과 소영이 지후의 밥에 반찬을 올려주고 있었기에 월슨은 고개를 숙이고 미친 듯이 밥에만 집중했다.

역시 영국을 떠난 월슨은 오늘도 미친 듯이 밥을 흡입하고 있었다.

"오빠 아~ 해봐요."

"내가 먹을게."

"아~ 해요. 네?"

지후는 소영의 눈빛을 이기지 못하고 입을 벌렸다.

"아~"

"지후씨. 여기 생선구이가 참 맛있어요. 아~"

두 사람은 예전처럼 경쟁을 하듯이 지후에게 먹여줬고 지후는 이것도 쉬운 일이 아니라는 생각이 들었다.

'대체 삼처 사첩을 두고 살던 것들은 어떻게 살았던 거지? 벌써 피곤해 지려고 하는데.'

식사를 마치고 따뜻한 사케와 함께 지후는 꿈에 그리던 혼욕을 하고 있었다.

물론 월슨은 방에 처박아 두었다.

종업원들이 목욕시중을 들어 주겠다는 말에 지후는 너무나 기대감이 들었지만 그럴 수 없는 현실이었기에 정중하게 거절했다.

물론 윌슨도 안 되는 거였고 윌슨은 그냥 방으로 올라갔다.

지후는 수건 한 장에 중요부위만을 가리고 있었고 아영과 소영도 수건으로 가슴과 허벅지를 가리고 있었다.

지후는 그 수건을 뺏고 싶었지만 체통을 지켰다.

"오빠 저는 오빠한테 어떤 사람이에요?"

지후는 갑자기 들어온 질문에 당황했다.

'이거 대답 잘 해야 되. 남은 삶도 즐겁게 살다 가려면.'

지후의 본능이 본능적으로 외치고 있었고 지후는 나름 잘 대답했다.

"내 사람."

"어머. 몰라요."

소영은 지후의 팔꿈치에 수건 한 장을 걸치고 있는 가슴을 기대왔고 지후가 걸치고 있던 수건은 하늘로 솟아오르고 있었다.

"지후씨. 저는 지후씨한테 어떤 사람이에요?"

지후는 난감했다.

사람이 두 사람이었기에 같은 질문도 다르게 대답해야 했고 어느 한쪽으로 무게추를 실을 수 없었다.

그리고 지후가 생각했던 최선의 답은 이미 해버린 상태였기에 지후는 상단전을 활성화하며 생각했다.

"내 집 사람."

"어머 지후씨. 제가 앞으로 정말 잘할게요. 쪽!"

지후의 팔에 기대며 왼쪽 뺨에 입을 맞추는 아영이었고 소영도 질세라 지후의 오른쪽 뺨에 뽀뽀를 해왔다.

따뜻한 온천물과 사케의 술기운 때문인지 두 사람의 얼굴은 붉은 홍조를 띠고 있었고 그 모습이 지후는 너무 사랑스러워 더는 참을 수 없었다.

28. 시작되는 불길

28. 시작되는 불길

    방에는 세 사람이 나눈 열기가 가시지 않은 채 아직도 후끈했다.

    잠들기 전 아영과 소영은 지후의 팔을 나눠 베고는 지후에게 아이처럼 조르고 있었다.

    "오빠. 일본은 벚꽃이 예쁘다던데 저희 내일 비행기 타기 전에 벚꽃구경가요. 네?"

    "맞아요. 지후씨. 우리 내일 벚꽃구경가요. 다른 건 몰라도 일본이 벚꽃은 정말 아름답다던데."

    "그럼 낮에는 벚꽃구경 가고 밤에는 벗고구경해도 돼? 허락해주면 가고."

    "어머 짐승!"

소영이 콧소리를 내며 지후의 가슴팍을 쳤다.

"어머 지후씨. 너무 음흉해요. 그리고 허락이 필요한가요. 오늘은 허락받고 하셨나."

아영은 더욱 지후의 몸에 밀착하며 말했다.

지후는 자신의 맨살에 느껴지는 두 사람의 살결에 다시 불끈하는 것을 느꼈지만 오늘만 날이 아니라는 생각에 아영과 소영이 쉬도록 배려해 주었다.

아쉽게도 네 사람이 벚꽃구경을 가는 일은 일어나지 않았다.

지후는 사실 잠을 자지 않아도 상관없는 육체였다.

그랬기에 언제나 깊이 잠들지 않았다.

그리고 잠을 자던 중 지후의 기감에는 이상한 것들이 잡혔다.

그리고 총리에게 느꼈던 불쾌감이 대충 무엇이었는지 짐작이 되었다.

지후는 아영과 소영을 깨운 뒤 바로 윌슨의 방으로 가 윌슨을 깨웠다.

세 사람은 순식간에 전투준비를 맞추고 모였다.

참 아이러니하게도 준비가 끝나자 폭음소리가 들리며 건물이 진동했다.

무너지는 건물을 빠져나오자 2만은 될 것 같은 숫자의 일본인들이 온천을 둘러싸고 있었다.

그리고 가장 선두에서 네 사람에게 웃음을 짓고 있는

총리를 발견 할 수 있었다.

"어떻게 만족스러운 첫날밤이 되셨습니까? 하하하."

"제법 재밌는 추억거리를 줬어. 신혼첫날밤에 이런 짓을 하다니. 감당할 수 있겠어?"

"걱정 마시죠. 첫날밤이자 마지막 밤이 될 테니."

"마지막이라… 과연 저것들로 나의 마지막을 볼 수 있다고 생각하나?"

"우리 일본이 어떻게 S급 던전을 막을 수 있었다고 생각하십니까? 당신이 대부분의 헌터와 군을 박살냈는데 말이죠. 뭐 당신 덕분에 저희 일본이 예전에 포기했던 실험을 필사적으로 완성 시킬 수 있었습니다. 물론 실험에 들어가는 돈은 당신이 우리에게 빌려줬다고 생각하는 돈이지요. 원래 우리의 돈이었던. 그리고 오늘이면 완벽하게 우리의 돈이 될. 그 돈으로 탄생한 존재들입니다."

'미친놈들….'

'어떻게 사람이 저런 짓을….'

'도대체 무슨 짓을….'

이곳을 포위하고 있는 것들은 인간이되 인간이 아니었다.

아니 인간이길 포기한 자들이었다.

"저들은 이지후 당신이 죽인 헌터와 군인들의 가족이지. 당신에 대한 복수의 일념으로 자원하더군. 어떤가 우리 일본의 키메라 군단이. 하하하."

"몬스터의 신체를 인간의 몸과 결합시키다니… 유전자도 주입해보고… 이종 교배까지…. 미친놈들….”

지후의 눈에는 생생하게 정보가 보이고 있었다.

'대부분 A급이다. 그건 분명 대단한 전력이지. 그렇지만 저 정도로 파수꾼을 막았다고? 절대로 불가능할 텐데.'

"이게 전부라면 실망인데? 이 정도로는 나를 막을 수 없어.”

"하하하. 급하긴. 이건 시작이야. 키메라 군단이여! 모두 약을 복용해라!”

지후는 키메라들이 복용하는 것이 뭔지 알 수 있었다.

러시아에서 봤던 혈환이었다.

아마도 모두 하야토 총리의 꼭두각시일 테고.

"네 녀석 설마… 교였냐?”

"제법이군. 이 약을 알아보다니. 하지만 네가 생각하던 것과는 다른 거야. 우리도 몰랐는데 이 약이 인간들보다 우리 키메라들에게 몇 배로 잘 듣더군.”

약을 먹은 키메라들은 정말로 무섭도록 엄청난 기세를 내뿜고 있었다.

그 기세는 S급 헌터를 뛰어넘는 능력이었다.

그리고 이미 인간으로서의 인격을 상실한 채 살인본능만 남아있는 몬스터도 인간도 아닌 것들이었다.

세 사람도 느껴지는 기운 하나하나가 자신들을 압도한다는 사실을 알게 되자 긴장을 할 수밖에 없었다.

"이제는 돌려줄 시간이야. 네가 우리 일본을 짓밟았던 그날의 일을. 그리고 알려줘야지. 이제 우리 일본이 최고라고."

"너 설마 키메라를 수출이라도 할 생각이냐…?"

"눈치가 빠르군. 어차피 키메라는 모두 내 말만 듣지. 그러니 나는 전 세계에 내 명령만을 듣는 시한폭탄들을 심어놓는 거야. 어때 멋지지 않나?"

"어떻게 너 같은 미친놈이 총리가 될 수 있었던 거지."

"글쎄… 사실 그 부분은 너에게 고맙긴 해. 네 덕에 할 만한 사람이 정말 없었거든. 그리고 이미 나라가 망해가는데 누가 맡고 싶었겠어. 그래서 내 차례까지 오더군. 마지막으로 남길 말은 없나? 넌 어떻게 보면 나에게는 은인이지. 그러니 특별히 들어주지. 오늘은 일본의 한을 푸는 기분 좋은 날이니까. 그 정도 인심은 써주도록 하지."

"크크큭. 정말 재미있어. 감히 쥐새끼 같은 놈이 나를 배신해? 배신이라… 배신. 당하는 사람은 정말 기분이 더럽지. 하지만 성공한 배신은 혁명이자 위대한 한 걸음이지. 배신 또한 도전. 도전의 성공이니 인정할 수밖에. 그런데 배신에 후퇴는 없어. 실패는 오직 죽음뿐이야. 그리고 언제나 배신자의 말로는 비참해. 넌 나를 배신한 게 성공이라고 생각하나? 실패라고 생각하나?"

"넌 착각을 하고 있구나. 배신이라니. 우리 일본은 잠시 작전상 후퇴를 한 것뿐이었다. 일보 전진을 위한 이보 후퇴라고나 할까? 그러니 배신이란 말은 맞지 않는 군. 한 가지 확실한 건 이 자리에서 너희 넷이 죽는다는 거다."

하야토 총리의 말에 지후의 뒤에서 듣고만 있던 윌슨이 대신 입을 열고 있었다.

"기르던 개가 주인을 물겠다는데 그게 어떻게 배신이 아니라는 거지? 그리고 내가 전부터 너희한테 이 말을 꼭 하고 싶었어. 대한민국 만세다. 이 쪽바리 쉐끼들아!"

윌슨…. 지금이 네가 낄 상황이냐…. 그리고 네가 무슨 독립운동가냐? 아니 넌 그런 걸 다 떠나서 영국인이잖아….

하긴 언제부터 네가 눈치를 봤다고….

그래. 너도 지수랑 결혼했으니… 대한민국 만세를 외칠 자격이 조금은 있지.

그리고 네가 한식을 참 좋아하니까… 그냥 그러려니 넘어가 줄게.

윌슨의 말에 하야토 총리는 얼굴이 시뻘겋게 변해 있었고 더 이상의 대화는 없었다.

"모두 공격해! 저 네 사람을 어서 조각내버려!"

순간 하야토의 명령에 2만의 키메라들이 살기를 뿜어내며 지후와 세 사람을 향해 달려들었다.

"갈! 멈춰라!"

지후의 사자후가 터지자 지후와 세 사람을 향해 진군하던 키메라군단은 자리에 멈춰 섰다.

"뭐, 뭐하는 거야! 어서 저 자식을 죽여! 당장!"

하야토의 명령에도 불구하고 키메라 군단은 멈춘 채 움직이지 않았다.

"하야토. 저 놈들은 내 상대가 못 되. 지능과 인격을 상실했으니 더더욱 내 상대가 될 수가 없지. 생각도 하지 못하는 것들은 그저 도구일 뿐이지. 저것들은 인간도 몬스터도 아니야. 오로지 살기를 뿜어내는 것 말곤 할 줄 아는 게 없는 반푼이들일 뿐이지. 그저 살인에 대한 본능밖에 없어. 그런데 그런 본능은 이렇게 공포로 찍어 누르면 되. 네가 생각할 땐 키메라가 인간과 몬스터의 장점의 융합이라고 생각하겠지? 천만에, 몬스터의 장점도 인간의 장점도 모두 잃은 그저 반푼이 쓰레기들일 뿐이야."

심즉살.

지금 지후는 살기만으로 키메라들을 찍어 누르고 있었다.

단숨에 죽이고자 했다면 죽일 수도 있었겠지만 죽이지는 않았다.

꼭 죽이는 게 최선은 아니니까.

지후는 하야토에게 절망을 보여주고 싶었다.

너희가 틀렸다고. 너희 일본은 미친 짓을 했다고.

지능은 없고 본능만 남은 키메라들이었기에 더욱 굴복을 시키기 쉬웠다.

키메라들이 모두 이성이나 지능이 없는 건 아니었다.

원활한 지휘를 위해 하야토는 몇몇의 사람은 상위의 꼭 두각시 약을 사용해 지능을 남겨두었다.

키메라가 되면서 점점 본능에 잠식되고 지능이 퇴화하고 있었지만 아직은 본능만 남은 키메라는 아니었다.

하지만 그렇기에 생각하지 않아도 될 생각을 하게 됐다.

지금 다른 키메라들은 그저 공포에 짓눌려 바닥을 기고 있었다.

하지만 아직 지능이 남아있는 지휘계통의 키메라들은 절망을 경험해야 했다.

눈앞에 있는 자는 상식과는 달랐다.

그가 때리고자하면 맞아야 하고.

그가 베고자 하면 베이는 거다.

그가 죽이고자 하면 죽는 거다.

그런 절대적인 공포와 압박감이 정신을 짓눌러 왔다.

"꿇어라."

지후의 한마디에 모든 키메라들이 바닥에 무릎을 꿇었다.

하야토는 자신의 명령을 듣지 않는 키메라들을 보며 당황함을 감추지 못했다.

"이… 이게 무슨… 대체…."

지후는 오만한 눈빛으로 하늘로 떠올라 키메라들을 내려다 봤다.

"이게 너희 키메라들과 인간의 눈높이다.

몬스터의 유전자를 이식 했을 때 너희는 더 이상 인간이 길 포기했다는 것.

앞으로는 그렇게 바닥을 기어 다녀라.

그리고 짖어라.

너희는 이제 개다.

아니 개만도 못한 것들이다.

어디서 두발로 땅에 설 수 있다고 해서 인간을 흉내 내려고 하는가!"

지후는 키메라들의 심령에 말로서 금제를 걸었다.

앞으로 키메라들은 그저 개처럼 네발로 바닥을 기어 다닐 것이고 아무것도 하지 못할 것이다.

물론 하야토에게도 키메라들과 같은 금제를 걸어주었다.

일본의 총리인 하야토는 키메라들 틈에서 아무 생각 없이 바닥을 기어 다녔다.

지후는 총리와 모든 키메라들을 살려는 주었다.

일본인들이 직접 죽일지 말지는 모르겠지만.

지후는 2만의 키메라들에게 일본 전역을 돌아다니라 명했다.

그리고 본능에 충실하라고.

지후가 떠나고 일본의 전역엔 불길이 치솟았다.

키메라들이 본능대로 살육을 시작했던 것이다.

그곳엔 하야토 총리가 끼어있었고 일본 전역은 충격과 살육에 휩싸였다.

'어차피 내가 죽이지 않아도 죽겠지. 그렇게 개처럼 살아라. 그렇게 개처럼 짖다가 죽어라.'

교라는 단체가 무슨 짓을 하던 지후는 신경 쓰지 않았다.

파괴자와의 전쟁이 시작되면 그런 것들은 너무나 하찮을 테니까.

지금은 추억을 만들 시간이지. 그런 하찮은 것들에게 시간을 낭비할 때가 아니었다.

다시 신혼여행지인 몰디브로 가는 비행기 안에서 지후의 얼굴은 딱딱하게 굳어있었다.

일본에서의 일도 찝찝했지만 비행기를 타자 여전히 찝찝한 기분이 가시지 않은 채 느껴졌기 때문이다.

윌슨은 괜히 불똥이 자신에게 튀어 화풀이를 당할까 싶어 아예 좌석을 멀찌감치 떨어져 앉았다.

아영과 소영은 지후의 기분이 좋아 보이지 않자 걱정이 되었다.

소영은 뭔가 생각이 낫다는 듯이 지후의 손을 잡았다.

"오빠 가슴만지게 해줄까?"

"응? 갑자기 왜?"

소영은 지후에게 수줍은 듯이 떨면서 말을 잇고 있었다.

"남자들은 화났을 때 이러면 풀린다고 들어서…."

피식.

지후는 비행기를 탄 후 처음으로 웃음을 지었다.

그 후 지후의 손은 매우 자연스럽게 움직였다.

한 손은 소영의 몸으로 다른 한손은 소영의 손을 붙잡았
다.

그리고 소영의 손을 자신의 허벅지 사이로 가져갔다.

물 흐르듯이 자연스럽게.

"너도 만져. 기브 앤 테이크야."

역시 그는 샘이 밝고 기브 앤 테이크가 확실했다.

29. 번져가는 불길

29. 번져가는 불길

비행기 안에서 네 사람은 다급하게 전화를 걸어 온 폴 때문에 TV를 보고 있었다.

[우리는 디스트로이다. 너희가 알고 있는 것처럼 테러조직이다. 그리고 이제 때가 되었기 때문에 한 가지 사실을 말하고자 한다. 우리는 테러조직으로 알려져 있다. 그런데 우리와 무슨 차이가 있다고 누구는 영웅이고 누구는 테러리스트인가? 우리가 많은 사람을 죽여서? 그도 많은 사람을 죽였다. 아마 우리보다 더 많은 사람을 죽였을 것이다. 이번에 S급 던전? 그보다 우리가 더 많은 나라를 지켜냈다. 세상은 우리를 테러리스트라고 하지만 왜 그는 영웅이라고 하는 지 우리는 이해할 수가 없다. 그래서 우리는 이제 이

세상에서 이지후를 지울 것이다. 이지후가 1인 군단이라고? 예전에는 확실히 그랬지만 지금은 다르다. 지금의 우리는 강하고 압도적인 전력을 갖췄다. 그렇기에 선포한다. 당장 이지후는 몰디브로 오기를 바란다. 이지후나 우리나 같은 테러리스트다. 그리고 이지후가 우리가 점령한 몰디브로 오지 않는다면 우리는 전 세계를 상대로 본격적인 테러를 시작할 것이다. 그동안 우리가 했던 테러는 아마 시작이었다고 생각하면 될 것이다. 진짜 테러가 뭔지 보고 싶지 않다면 전 세계는 이지후가 우리 앞으로 오도록 해야 할 것이다.]

지후는 TV를 보다가 그냥 꺼버렸다.

어차피 재방송이었다.

이건 지후가 일본에 도착했을 때 방송된 것이었다.

일본에서 총리가 준비한 사람 외에는 만났던 사람도 없었고 총리가 통신을 교란했기에 지후와 세 사람은 이 사실을 알지 못하고 있었다.

그러다 비행기를 타자 모두의 핸드폰이 터지기 시작했고 엄청난 부재중 전화와 메시지들이 와 있었다.

'파괴자를 상대하기도 바쁠 텐데… 별 똥파리 같은 것들이….'

순간 지후는 뇌를 강타하는 듯한 엄청 불길한 느낌을 느꼈고 바로 모든 내공을 풀어 호신강기를 펼쳤다.

콰아앙!

비행기는 폭발과 함께 산화했고 지후는 간신히 아영과 소영 월슨을 호신강기로 보호했고 바로 뉴욕으로 워프를 했다.

"씨발…… 비행기를 탈 때마다 느꼈던 찝찝함이 이제야 뭔지 알겠네."

바로 비행기에 있던 폭발물이 지후에게 그토록 찝찝한 기분을 줬던 것이다.

누가 언제 비행기에 폭발물을 부착했는지는 모른다.

상황이 다급했기에 거기까지 생각을 할 수 있을 정도로 똑똑한 사람은 없었다.

그 시각 속보를 통해 전 세계로 디스트로이의 방송이 나오고 있었다.

[이지후는 우리를 피해 몰디브로 오지 않고 일본으로 향했다. 그리고 일본에서 테러를 벌인 후에 지금 도망치듯이 다른 나라로 가고 있었다. 그래서 우리는 이지후에게 공격을 했지만 아깝게도 놓쳤다. 혹시라도 이지후를 본다면 디스트로이의 SNS 계정에 신고하기를 바란다. 단, 장난으로 제보를 한다면 죽이겠다. 하지만 제보를 통해서 우리가 이지후를 잡게 된다면 10조원의 포상금을 주도록 하겠다. 그리고…….]

지후는 파괴자와의 전쟁을 대비해 아무도 모르는 벙커이자 은신처를 북한에 만들어 놓았다.

그 곳은 아영과 소영도 그 누구도 모르게 만들어 놓은

곳이었고 지후는 윌슨과 아영, 소영을 우선 그곳으로 보냈다.

그 후 부모님과 쌍둥이, 매형과 누나, 그리고 지수까지 지후는 가족 모두를 숨겨진 벙커로 데리고 왔다.

그 곳에는 10년간 100명 정도가 충분히 먹을 수 있는 식량도 있었고 추적이 불가능한 통신 시설 및 생활에 필요한 모든 게 일체 준비되어 있었다.

가족들은 갑자기 이게 무슨 일이냐며 여긴 대체 어디냐며 물었지만 지후는 해 줄만한 대답이 별로 없었다.

결국 모두에게 파괴자와 있을 앞으로의 전쟁에 대해서 얘기해 주었고 이곳은 가족들이 조금이라도 오래 살기를 바라며 만들어 놓은 벙커라는 사실을 알려주었다.

그리고 지금 도저히 파악을 할 수 없는 디스트로이와 교라는 세력이 파괴자와의 싸움 전에 방해를 시작했다는 사실도 말했다.

"일단 나는 똥파리를 치우러 가볼게."

"똥파리라니?"

"디스트로이랑 교. 내가 무시하려고 했는데 아무래도 처리해야겠어. 이대로라면 파괴자가 아니라 저 새끼들 때문에 세상이 망하게 생겼어."

TV에서는 디스트로이의 테러 행각이 방송되고 있었고 여론은 점점 지후에게 불리해 지고 있었다.

대한민국, 영국, 미국을 제외한 다른 나라들은 하루빨리 이지후가 나타나야 한다는 방응이었다.

지후로 인해서 자신들의 나라가 피해를 입을 이유가 없다며 빨리 나타나라는 여론이 형성되었다.

그리고 디스트로이는 태국, 이탈리아, 아르헨티나, 이집트를 무차별적으로 테러했다.

엄청난 사상자가 발생했고 건물들이 무너져 내렸다.

그러자 더욱 여론은 악화되었다.

그리고 디스트로이에게 지후의 집으로 알려진 미국의 비버리힐스와 윈저성이 테러를 당했다.

다행히 지후가 미리 대피를 시켰기에 피해는 없었지만 가족들은 근심이 늘어갔다.

미국과 영국은 충격에 휩싸였다.

자국에도 디스트로이의 테러범들이 잠입했다는 사실이 두려웠고 국민들의 반응이 점점 이상해지고 있어서 지후의 편을 들기도 점점 힘들어 졌기 때문이다.

성명을 통해 미국, 영국, 대한민국은 지후의 행방을 모른다고 밝혔다.

사실 알아도 알려줄 생각이 없었다.

미국과 영국은 테러에 굴복하지 않겠다는 의지가 강했고 사실 이제 와서 디스트로이라는 테러단체의 편을 들 입장도 아니었기 때문이다.

이번만큼은 대한민국 국민들도 지후를 배신하지 않고 단결했다.

점점 세계의 여론은 지후를 테러리스트로 몰아갔지만 지후는 나타나지 않았다.

지후는 윌슨만을 데리고 벙커를 떠났다.

혹시 무슨 일이 생긴다면 그곳을 방어할 사람도 있어야 했다.

그랬기에 수혁은 당연히 남아야 했고 지현은 임심중인 지수의 건강을 체크해야 했다.

그리고 그곳이 공격받는다면 수혁 혼자 막기는 힘들 것이기에 지후가 도착하기 전까지 시간을 벌 수 있도록 아영과 소영도 벙커에 남았다.

근데 왜 윌슨만 데리고 갔냐고?

지후도 갈굴 사람이자 심부름꾼 하나는 있어야 할 게 아닌가.

원래 손 하나 까딱하지 않는 성격인데 갑자기 스스로 할 수는 없는 것 아니겠는가.

그런 두 사람이 뭘 하고 있냐고?

아주 생쇼를 하며 돌아다니고 있었다.

아니 오히려 둘이 어찌나 죽이 척척 맞는지 제대로 놀고 있었다.

바로 지후의 안방인 대한민국에서.

두 사람은 역용술로 얼굴을 바꿨다.

두 사람이 대한민국에 있다는 사실은 가족도 몰랐고 미국과 영국, 그 어떤 나라도 몰랐다.

아는 사람은 딱 한 명 있다.

바로 폴이었다.

하지만 폴은 누구에게도 알리지 않았다.

지후도 폴이 자신을 향해 무한한 충성심을 가지고 있다는 사실을 알고 있었고 폴은 정보가 들어오는 족족 지후에게 알려주었다.

지후와 윌슨이 뭘 하고 돌아 다니냐고?

일단 지후는 윌슨에게 단기 월세 방을 하나 구하게 했다.

호텔 같은 곳에 묵게 된다면 신분확인 같은 절차가 필요했기에 위장 신분증이 있더라도 만약을 대비해 노출을 피하려 했던 것이다.

그리고 윌슨은 어디서 거지같은 집을 계약하고 왔다.

바퀴벌레가 돌아다니는 이 집은 두 사람에게 너무나 견디기 힘들었다.

외국인인 윌슨은 지금 역용술로 인해서 한국인으로 보였지만 알맹이는 아니었다.

그걸 떠나서 윌슨이 똑똑하지 않다는 사실은 대부분 알고 있는 사실이니까.

윌슨은 집주인에게 호구 짓을 해줬고 지후에게 욕을 먹으며 바퀴벌레와의 전쟁을 펼쳤다.

바퀴벌레와의 전쟁을 치루고 2틀을 그 집에서 지냈다.

지후는 도저히 그 곳에서 지낼 수 없어서 새로운 방법을 떠올렸다.

그리고 윌슨에게 방을 빼라고 했다.

집주인은 아무리 단기라도 1달은 채워야 하는 거라며 보증금을 돌려주지 않았다.

처음부터 이 집은 문제가 많았다.

곰팡이에 바퀴벌레에 하수구 냄새에.

지후가 윌슨을 굴려서 최대한 해결을 했지만 한계가 있었다.

그리고 집주인은 벽지가 어쩌고 장판이 어쩌고 하면서 계속 트집을 잡으며 줘야할 보증금을 깎았다.

윌슨은 곰팡이나 냄새를 처리하기 위해 장판이나 벽지를 드러냈다가 다시 붙이기도 했기 때문에 할 말이 없었다.

사실 집주인은 전보다 상태가 좋아졌다는 사실을 알고 있었지만 그동안 빠질 기미가 없던 방이 빠졌었던 것이었기 때문에 호구 같은 윌슨을 상대로 보증금 장난을 치려던 것이었다.

"야. 내가 나가자고 했어? 안했어? 왜 아직도 여기 있는 거냐?"

"그게… 집주인이 와서 벽지나 장판 같은 걸 2틀 전처럼 원상 복구 시켜놓고 가라고 해서요…"

"윌슨…."

"네. 형님."

"따라 나와."

"아무리 푼돈이라도 형님 돈이신데 포기하시게요? 형님
은 절대로 형님 돈은 손해 안 보시잖아요."

"오랜만에 맞는 말을 하네."

"형님 웬일로 제 편을⋯."

"아주 쳐 맞을 말만 하고 있어. 지금 이 상황에 여기를
떠나는 게 먼저지. 그깟 푼돈이 문제야? 보증금이 얼마라
고?"

"50만원이요."

"월세는 얼마 줬어?"

"50만원이요."

'이런 미친 새끼⋯. 집주인도 이 새끼가 멍청한 걸 알고
총을 쐈나 보네⋯.'

"월슨⋯ 처음 이 집에 왔을 때 상황 기억해?"

"네. 당연히 기억하죠."

"그치. 나도 기억해. 바퀴벌레에 곰팡이에 하수구 냄새
에. 이 집은 쓰레기장이나 다름없었어. 그런데 집주인이 원
상 복구를 해 놓으라고 했다고?"

"네."

"돈은 포기한다. 하지만 이대로 그냥 갈 수도 없지. 집
주인이 원하는 데로 해줘야지."

두 사람은 밤을 새도록 쓰레기장을 돌았다.

물론 지후는 워프만 도왔고 월슨이 고무장갑을 끼고 뒤
졌다.

그 결과 처음 이 집에 왔을 때보다 많은 바퀴벌레를 잡을 수 있었고 바퀴벌레들을 풀어준 뒤 두 사람은 완전히 떠났다.

두 사람은 처음 왔을 때처럼 완벽하게 원상복구를 시켰다. 바퀴벌레들이 돌아다니는 집으로.

그리고 벽에 큼지막하게 메모를 붙여두고 왔다.

[원상복구 완료. 돈은 너 가져.]

그리고 두 사람이 어디로 갔을까?

혹시 지후의 문자함에 있던 스팸들을 기억하는가?

두 사람은 야구장에 가서 열정적인 응원도 하고 관리도 받아봤다.

파괴자에게 세상이 멸망하기 전 안 해본 건 해보긴 해봐야 할 것 아닌가?

지후의 버킷리스트에는 있었다.

그리고 지후에겐 아영과 소영이 없는 지금이 기회였다.

물론 윌슨이 조금 마음에 걸리긴 하지만 금제를 걸까도 생각중이기에 괜찮다.

그렇게 두 사람은 집이 없이도 잘 자고 즐겁게 다녔다.

물론 절대로 비밀이지만.

상황이 이런 데 놀기만 한 게 아니냐고?

적이 어딘지 뭐 정보가 있어야 공격을 하던 방어를 하던 하는 거 아니겠는가.

사실 이대로 가만히 있으면 벙커에서 나온 이유가 없었다.

당장 모든 정보를 폴에게 의지하고 있었기에 폴이 뭔가 꼬리를 잡지 않는 한 두 사람의 시크릿 투어는 계속 됐다.

하지만 폴은 예전에 지후가 쓸모없는 인간이라고 했던 말을 담아두고 있었는지 지후에게 인정받기 위해 부단히도 노력했다.

그리고 결국 결정적인 증거를 알아왔다.

[지후님. 알아냈습니다. 그리고 큰일이 났습니다. 지금 디스트로이가 세계를 상대로 전쟁을 선포했습니다. 그리고 중국과 러시아가 연합해서 대한민국으로 진군을 하겠다고 발표했습니다.]

"대한민국으로? 왜?"

[지후님이 나타나지 않아서 디스트로이가 저렇게 테러를 하는 것이라고…. 중국이랑 러시아는 자기들이 대한민국을 쑥대밭으로 만들면 지후님이 나타나지 않겠냐고…. 제가 생각할 땐 예전에 북한을 먹을 때도 중국이 가만히 있었던 것도 이렇게 뒤통수를 노리기 위함이었던 것 같습니다. 그리고 정확하진 않지만…. 중국에… 교라는 단체가 있는 것 같습니다.]

"그랬군. 딱딱 들어맞아."

'장준성 그놈도 혈환을 중국에서 구했다고 했어. 빌어먹을 짱깨새끼들….'

30. Let It 故

30. Let It 故

　"윌슨. 이만 너도 벙커로 돌아가. 중국은 아무래도 나 혼자 가야 할 것 같다."

　"형님 이제 와서 저에게 빠지라뇨! 혹시 저만 빼고 혼자 좋은 곳 가시려고 하시는 겁니까? 그럼 저 다 말해버리는 수가 있습니다!"

　'빌어먹을 놈⋯. 가족에게 금제를 가하진 않으려고 했는데⋯.'

　"그래도 네가 나랑 같이 움직이면 영국의 입장이 난처할 텐데."

　"괜찮아요. 이미 충분히 난처하고. 그리고 형님이 영국을 구해주시지 않았으면 영국인들이 얼마나 살아있었겠어요.

이미 한 배를 탔는데 이제 와서 빠지는 게 무슨 의미가 있어요."

"이제부터 내가 하는 건 전쟁이야."

"알아요. 짱깨새끼들 찢어버리면 되는 거잖아요."

'하…. 넌 왜 통역아이템을 안 하는 거냐….'

두 사람은 가족에게 전화를 한 뒤 방송국으로 향했다.

지후와 윌슨은 방송국 앞에서 역용술을 풀었다.

그러자 두 사람을 알아보는 사람들로 인해 주변이 점점 시끄러워 졌지만 두 사람은 신경 쓰지 않고 방송국 안으로 향했다.

"여기 지금 생방송 가능한 뉴스 팀 있습니까? 없으면 다른 방송국으로 갑니다."

"저희 지금 당장이라도 가능합니다. 5분 아니 3분만 기다려주시면 바로 준비를 끝내겠습니다."

지후는 그저 가장 가까운 방송국으로 왔을 뿐이지만 방송국은 로또에 당첨이라도 된 것처럼 분주하게 움직였다.

시청률 제조기이자 지금 전 세계적으로 가장 핫한 인물이 생방송을 한다는데 무슨 말이 필요하겠는가.

준비는 순식간에 됐고 뉴스 룸에서는 지후의 생방송이 진행됐다.

지후는 정면의 카메라에서 빨간 불이 들어오자 카메라를 응시했다.

[내가 누군지는 모두 알지? 인사는 생략하고 본론으로

들어가지.

짱깨라고 해야 하나? 교라고 해야 하나? 러시아랑 중국, 둘이 손잡고 대한민국을 쳐들어온다고? 전쟁을 하자고? 말로는 갑자기 그러는 척 하지만 꽤나 오랜 시간 준비했을 거야. 알 만한 사람은 알잖아. 전쟁이라는 게 그렇게 우발적으로 일어날 수가 없다는 거. 너희는 나라는 핑계를 대고 있을 뿐.

그리고 디스트로이.

내가 하는 짓이 테러랑 뭐가 다르냐고? 다르지.

너희는 이유 없이 하는 거고. 난 이유가 있으니까.

내가 했던 건 복수이자 응징이었지.

그리고 내가 누군가를 죽이면 다 그만한 이유가 있다고들 생각했지.

왜 그랬는지 알아? 다 명분이 있었거든.

너희처럼 이유 없이 죽이는 게 아니었으니까.

원래 열 댓 명을 죽이면 연쇄 살인범이지. 근데 나처럼 셀 수 없이 많은 사람을 죽이면 영웅인 법이야.

그런데 너희는 왜 영웅이 아닌 테러범일 뿐이냐고?

너희나 나나 살인범인데?

왜냐고?

방금 설명했지만 나는 이유가 있었고 응징이었어.

너희는 그냥 땡깡을 부리는 애새끼고. 그러니까 너희는 테러범인 거야.

그런 나에게 전 세계적인 테러범이라고?

그 말을 너희들 같은 테러범이 하는데 믿는다니…. 이건 좀 실망했어.

다들 수준들이 이렇게 낮을 거라고는 생각 못했는데….

요즘 세계적으로 여론이 나에게 테러범이라고 하더군.

뭐 너희에게 굴복해서 하는 거라고 생각할 수도 있지만.

난 뒤끝이 길거든. 기억해둘게.

그러니 이제는 너희들이 바라는 것처럼 세계적인 테러범이 되어줄게.

난 이제부터 테러범이야. 그러니까 사고도 좀 마음껏 치고 죽여도 되는 거지?

디스트로이는 계속 그렇게 했잖아.

나도 같은 테러범이니까 다른 기준을 두지는 말아달라고.

난 아주 악명 높은 세계적인 테러범이 될 생각이니까.

내가 좀 참아주니까 만만해 보였지? 제대로 밟아줄게.

그동안 몇 번 자비를 베풀어 줬더니 내가 물렁하게 보였어?

디스트로이. 이제부터 난 너희들에게 테러를 해주지.

물론 난 테러범이라서 민간인이고 누가 희생되는 그런 건 신경 쓰지 않을 생각이야.

그리고 디스트로이라는 테러단체의 뒤에 있는 배후들.

목 씻고 기다려.

설마 디스트로이 정도 되는 테러단체가 스폰 없이 가능하다고 생각하는 사람들은 없겠지?

저 놈들 뒤에 어마어마한 기업과 가문들이 있을 거야.

그런데 내가 그런 거 신경 쓰는 놈인가?

분명 지금 TV를 보면서 화면에 대고 소리치고 있겠지.

'네가 그런 말을 하고도 무사할 것 같아!

우리는 한국의 멍청한 정치인이나 기업가들과는 달라!'

그런데 나한테는 같아. 너희도 맞으면 아프고 모가지가 잘리면 죽는 거야.

돈이 불사신을 만들어 주지는 않거든.

3차 세계대전? 지랄하고 있네. 툭하면 웨이브가 터지는 마다에 전쟁 같은 소리를 하고 있어.

디스트로이, 그리고 교.

너희가 모르는 게 뭔지 알아?

그깟 건물을 부수고 사람들을 죽인다고 내가 굴복을 할 것 같아? 천만에.

그런데 나를 죽인다고 너희가 멈출까? 사람들은 뇌가 없는 건지 정말 한치 앞만 보더군.

너희가 나를 죽이면 멈출 거라는 생각을 할 줄이야.

너희는 오랜 시간 기회를 노렸겠지만 상대를 잘못 골랐어.

너희가 나를 건들지만 않았다면 테러고 나발이고 난 신경도 안 썼을 거야.

뭐 이제는 전 세계가 나에게 등을 돌렸지만.

뭐 아닌 곳도 세 곳이 있지. 진심으로 고맙게 생각하고 있어.

아무튼 너희가 나에게 등을 돌렸으니 나도 등을 돌리도록 하지.

디스트로이? 교? 세계는 테러단체에 굴복한 거야.

이제 너희들의 국가 위에 그들이 군림하겠지.

너희는 후손에게 고개를 숙이고 사는 인생을 물려준 거야.

하~ 너무 말을 많이 했더니 목 타네.

뭐 슬슬 클로징 멘트를 하고 끝내도록 할게.

짱깨. 불곰. 둘이 힘을 합쳐서 대한민국으로 쳐들어온다고?

전쟁을 한다고 대한민국이랑?

그래야 내가 나타난다고?

가만히 있던 대한민국을 상대로?

난 이제 나타났는데? 그래도 너희는 멈추지 않고 진군할 거야.

처음부터 내가 목적이 아니었으니까.

근데 내가 대한민국 군민들이랑 한 가지 약속을 한 게 있어.

나를 외면하지 않는다면 나도 외면하지 않을 거라고.

그리고 대한민국 국민들은 전 세계의 압박에도 나를 외

면하지 않았어.

이제 내가 약속을 지킬 차례겠지.

그래서 나도 이제 진군하려고.

내가 이제부터 세계적인 테러리스트로서의 명성을 쌓아볼 생각이야.

어디서? 중국 베이징에서.

난 이 방송이 끝나면 중국으로 간다.

어이. 디스트로이.

나한테 오라 가라 하지 마.

너희가 중국으로 와.

교와 너희 디스트로이 모두 쓸어주지.

전쟁이 뭔지, 테러가 뭔지 확실하게 알려주지.

그리고 짱깨들. 너무 짜증내지 마.

장소만 바뀌었을 뿐. 불꽃놀이를 하는 건 똑같아.

꼭 대한민국에서 해야 하는 건 아니잖아.

이왕 하는 축제라면 너희나라처럼 많은 사람들이 볼 수 있는 곳에서 하는 게 좋겠지.

어차피 선전포고도 나를 테러리스트로 만든 것도 너희들이야.

그리고 테러리스트가 되기로 마음먹은 이상 내가 얼마나 많은 사람을 죽일지 모르겠어.

이제부터 나에게서 발버둥 쳐 봐! 발악해봐!

내가 그동안 힘이 없어서 참았다고 생각해?

상대할 가치도 없어서였어.

그런데 이제는 도저히 무시만 하고 있을 수가 없네.

자 피의 축제를 펼쳐보자고.]

지후는 말을 끝낸 뒤 카메라 뒤쪽에 대기 중이던 윌슨과 함께 워프로 사라졌다.

바로 중국의 수도인 베이징으로.

지후가 사라진 뒤 몇 분 지나지 않아 SNS에는 베이징의 상공에 떠 있는 지후와 윌슨이 있었다.

지후의 등장이 사실로 밝혀지자 중국군과 러시아군은 북한을 거쳐 내려갈 생각이었지만 일단은 전진을 멈출 수밖에 없었다.

지후가 있는 베이징으로 엄청난 수의 중국과 러시아의 헌터들이 아니 교인들이 워프와 헬기를 통해 몰려들고 있었다.

그리고 방송을 본 디스트로이의 테러범들도 모두 중국으로 향하는 비행기에 몸을 실었다.

지후처럼 초장거리의 워프는 아무나 할 수 있는 게 아니었기에 디스트로이에서도 소수만이 할 수 있었다.

지후의 방송은 엄청난 파장을 나았다.

이지후의 테러리스트 선언은 엄청난 일이었다.

미국과 영국, 대한민국은 세상이 그를 그렇게 만들었다며 자신들은 그를 테러리스로 생각하지 않는다며 지지를 보냈다.

그리고 군을 움직였다.

1~3위를 다투는 헌터들을 보유한 세 국가, 그리고 국방력은 또 얼마나 어마어마한 국가들인가?

그 세 곳이 뭉치며 디스트로이와 교를 돕는 곳과 전쟁도 불사하겠다는 말을 통보하자 다들 그저 지켜볼 수밖에 없었다.

중국의 국가주석인 시준핑은 베이징 상공에 나타난 이지후를 마주하며 이를 갈았다.

중국의 수도인 베이징이 전장의 중심이 될 것이라는 생각은 해본 적이 없었기 때문이다.

이지후가 나타나더라도 그건 불에 타고 있는 대한민국이었어야 했는데 그런 방송을 하고 이렇게 뒤통수를 치며 나타날 줄이야. 생각만으로 이가 갈렸고 당장 눈앞의 이지후를 죽여 버리고 싶었다.

지후는 시준핑 주석을 보며 미소를 지었다.

지후의 눈에는 시준핑의 이름 옆에 교의 장로라는 글귀가 보였고 중국이 교의 본부라는 사실을 알 수 있었다.

"죽을 자리까지 직접 찾아오고 의외야. 시준핑. 아니 교의 장로라고 불러야 하나?"

"이… 이 자식… 이곳은 너의 무덤이 될 것이야. 설마 네

놈의 무덤이 베이징이 될 거라곤 생각을 못했지만 널 죽이기 위해 많은 준비를 했지."

시준핑의 뒤로는 교인들과 중국, 그리고 러시아의 헌터들이 빽빽하게 천라지망을 펼치고 있었다.

물론 지후는 도망갈 생각이 없었다.

아니 이렇게 모아 준 시준핑에게 감사할 뿐이었다.

그리고 베이징에선 전쟁이 시작됐다.

지후의 황금빛 강기와 심검들이 베이징을 폭격했다.

베이징의 밤하늘엔 황금빛 유성의 비가 폭우처럼 쏟아져 내렸다.

쾅쾅쾅! 콰콰콰콰쾅!

곳곳에선 쉴 틈 없는 폭음소리가 들렸고 비명소리가 들렸다.

그동안 민간인의 피해를 극히 꺼리던 지후가 왜 이런 짓을 하냐고?

앞으로 일어날 파괴자와의 전쟁을 생각한다면 방해꾼은 철저히 청소해야 한다는 생각이었다.

더는 자신에게 세계가 다른 뜻을 품을 수 없도록.

격의 차이를 보여줄 생각이었다.

하지만 생각하지도 못했던 상황으로 인해서 그 생각은 오래가지 못했다.

다시는 볼 수 없을 거라 생각했던, 아니 지후 본인만 사용할 수 있다고 생각했던 무공을 보게 된 것이다.

그것도 제대로 된 마교의 무공을.

지후는 열 명의 헌터가 합공을 하기 시작하자 아슬아슬하게 검을 피하며 생각에 잠겼다.

그리고 공격을 나눌수록 마교의 무공이라는 확신이 생겼다.

무림에서 마교와의 전쟁 때 보았던 무공들이 파노라마 영상처럼 재생됐고 눈앞의 공격들과 같았기 때문이다.

"너희들… 무공을 어떻게 알고 있는 거지? 아니…. 교는 마교였냐? 중국엔 무공이 남아있었던 거냐?"

지후는 너무나 혼란스러웠다.

교인들은 대답을 하지 않은 채 지후를 계속 공격했고 지후에게 공격이 먹히지 않자 바로 품에서 꺼낸 혈환을 먹었다.

그러자 엄청난 기세로 화경급 무인의 기세를 발산하기 시작했다.

그리고 이 혈환은 애초부터 교의 무인들을 위해서 만들어진 것이라는 걸 지후는 눈치 챌 수 있었다.

마교에서 마인들의 능력을 증폭시키기 위해 먹였던 환단이 생각났기 때문이다.

지후는 시준핑에게 대답을 듣기 위해 전진했지만 그 앞을 막아서는 교인들로 인해서 접근이 쉽지 않았다.

"시준핑! 대답해라 시준핑! 너희들은 마교였던 것이냐! 애초부터 저 혈환은 마인들을 위한 것이었더냐! 대답해! 대체 어디서 무공을 배운 것이냐! 너희가 어떻게 무공을 알고 있는 거지!"

지후는 소리를 질렀지만 시준펑은 조소를 지을 뿐 대답을 하지 않았다.

그동안 철저하게 놀아났다는 생각과 마교가 지척에서 활개를 치고 있었다는 사실에 지후는 참을 수 없는 분노를 느꼈다.

◇

윌슨은 지후가 점점 이성을 잃고 광기에 휩싸이는 모습을 보면서 정신을 바짝 차렸다.

지후의 이런 모습을 보는 건 처음이었기 때문이다.

지후의 표정은 일그러질 대로 일그러져 있었고 눈에 핏발이 선 무서운 표정이었다.

"시준펑! 대답해라!"

혈환을 먹은 교인들은 강했다.

윌슨은 겨우 버티며 이를 악물고 있었고 지후는 점점 이성을 잃고 있었다.

"형님! 정신 좀 차리세요! 갑자기 대체 왜 그래요!"

지후는 윌슨의 말도 무시하고 계속 막고 있는 교인들을 뚫고 시준펑에게만 가려하고 있었다.

"야! 이지후! 정신 차리라고!"

윌슨은 소리를 지르며 지후에게 불꽃을 뿜었다.

지후는 등 뒤의 불꽃을 느끼며 반격을 하려다가 익숙한 기운이라는 사실에 반격을 하려던 주먹을 거뒀다.

"야 이 새끼야! 지금 형한테 불꽃을 뿌린 거야!"

"그게 아니라요…. 형님이…."

지후는 윌슨으로 인해 이성이 돌아왔다.

자칫 잘못했으면 주화입마로 내상을 입었을 수도 있을 정도로 지후는 이성을 잃은 상태였기에 윌슨을 데리고 오길 잘했다는 생각을 하게 됐다.

'개똥도 약에 쓴다더니 저놈이 도움이 되는 날도 있네.'

"고맙다."

윌슨은 지후의 말에 뿌듯함을 느끼며 고개를 끄덕였다.

"일단 갑옷이나 좀 입어요. 그리고 앞으로 나한테 잘해요. 앞 뒤 분간 못하는 애도 아니고. 나 아니었으면 어쩔 뻔 했어요."

'그 입만 아니면…. 마지막 말만 안 했으면 너한테도 득이었을 텐데….'

"윌슨…. 이상하게 나 지금 뭔가 기분이 확 나빴는데…?"

윌슨은 순간 자기가 했던 말이 생각났고 아차 싶었다.

"기분 탓입니다."

"그러니까 기분이 나쁘다고."

"오해입니다."

"뭐가 오핸데?"

"그게 모르겠지만 제가 잘못한 것 같습니다."

"아니야. 너 분명히 알 걸?"

"잘·모르겠습니다."

다행스럽게도 지후와 윌슨을 향해 검을 찔러오는 교인들로 인해 대화는 멈췄다.

윌슨은 우산을 펼치며 우산 속에서 안도의 한숨을 쉬었다.

이성을 찾은 지후는 시준핑에게 다가가기 보다는 교인들을 죽여 나갔다.

정신없이 전투가 이루어 졌다.

오랜만에 몬스터가 아닌, 헌터가 아닌, 무인과의 대결에 지후는 적이 마교라는 사실도 잊고 전투에 집중했다.

촤아악!

수십의 검기가 지후를 향해 빈틈없이 찔러왔고 지후는 모처럼 즐거운 표정으로 싸우고 있었다.

'형님은 미쳤나? 아까는 이성을 잃고 난리를 치시더니. 지금은 뭐가 좋다고 히죽거리고 계시는 거지….'

윌슨은 도무지 지후를 이해할 수 없었다.

하지만 그런 생각을 계속 할 수 있을 정도로 윌슨에게 여유가 없었다.

마치 지후가 여러 명인 것 같은 기분일 정도로 지후와 스타일이 비슷한 공격들이 윌슨에게도 쏟아지고 있었기 때문이다.

쾅!

지후는 권강으로 적을 패고 또 팼다.

검기를 흘리고 호신강기로 막아내고 이화접목의 수도 사용해 보고 오랜만에 자신의 무공을 바닥부터 점검하는 제대로 된 연습의 시간을 갖으며 정신없이 몰입하고 있었다.

화경급 고수 열이 지후를 향해 이글거리는 검강을 날리며 달려들었고 지후는 심검과 권강으로 응전했다.

콰앙! 쾅쾅쾅!

베이징 곳곳의 건물이 무너지고 폭음 소리가 들렸지만 누구도 무너지는 건물과 사람들의 비명소리에 신경을 기울이지 않았다.

오로지 죽고 죽일 생각밖에 없는 죽음밖에 없는 전투였다.

그리고 몬스터가 아닌 인간과의 생사대결은 윌슨에게 너무나 버거웠다.

연습이 아닌 진검으로 서로의 피를 봐야만 끝나는 전투는 윌슨의 몸을 점점 무겁게 만들었다.

전투를 시작한지도 두 시간이 넘어가자 시체들로 인해 발을 디딜 틈도 없어 보였고 온통 붉은 핏빛으로 물들어 있었다.

열 명의 화경급 고수들은 교묘하게 지후와 정면대결을 피하며 견제만을 했고 그랬기에 전투는 두 시간씩이나 길어지고 있었다.

그리고 어느 순간부터 열 명의 화경급 고수가 견제를 하지 않는 다는 사실을 눈치 챘고 주변을 둘러보았다.

월슨은 생각보다도 상태가 좋아 보이지 않았다.

공격보단 방어 위주로 싸우는 모습이 눈에 들어왔고 지후는 바로 심검들을 날려서 월슨의 주변을 정리했다.

아직 주변에는 백 명 정도의 무인이 지후와 월슨을 둘러싸고 있었지만 고작 일류급 무인들뿐이었다.

순간 지후는 묘한 소리가 들려서 하늘을 바라봤고 새떼마냥 빽빽하게 날아오는 미사일들을 볼 수 있었다.

그 순간 아직 남아 있던 모든 무인들이 기합을 지르며 지후와 월슨을 향해 달려들었다.

'이 미친 자식들… 우리 발목을 잡겠다는 건가? 아군마저 죽인다니… 인해전술 인해전술 하더니… 과연 짱깨들이니까 가능한 방법이라는 건가? 목숨을 대체 뭐라고 생각하는 거지? 이건 동귀어진도 아니고 그냥 개죽음이지.'

"소울쇼크!"

지후는 다가오는 교인들을 향해 소울 쇼크를 시전 했고 반 정도는 내상을 입었는지 입에서 피를 토했고 반 정도는 스턴에 걸린 건지 제자리에 멈춰 있었다.

그 틈에 지후는 월슨을 붙잡고 워프를 했고 워프의 빛이 번쩍일 때 미사일이 지후가 있던 곳을 일제히 폭격했다.

지후는 베이징을 벗어나 화베이 지방으로 워프 했고 그

곳까지 미세하게 충격파가 오는 듯한 느낌을 받았다.

상당히 먼 거리였지만 지후와 윌슨은 알 수 있었다.

중국은 미쳤다고.

시준핑은 정상이 아니라고.

"형님…. 저거… 버섯구름 맞죠? 제 눈이 이상한 거 아니죠? 자국에 핵을 터뜨리다니…."

"……."

지후도 설마 핵까지 동원할 것이라는 생각을 못했기에 충격이 있었지만 죽이지 않으면 죽는 전투에서 동정심은 죽음과 가까워지는 지름길이기에 마음을 다잡았다.

'역시 너희는 마교야. 이렇게 뒤통수를 치는 방식. 생명을 하찮게 여기는 방식. 이게 마교지. 잠시 저들을 무인이라 착각한 내 스스로가 한심하군.'

지후는 간단하게 윌슨의 상처를 치료한 뒤에 역용술로 변장을 한 뒤 허름한 여관을 찾았다.

"윌슨. 내일은 오늘처럼 버벅거리지 마라. 그럴 거면 지금이라도 돌아가. 이건 죽고 죽이는 싸움이야."

"죄송해요. 내일은…."

"정 힘들면 몬스터라고 생각해. 아니, 지수를 너희 가족을 죽이려는 적이라고 생각해. 어차피 우리가 지면 저들의 다음 목표는 지수와 가족 들일 테니. 영국도 피할 수 없겠지."

윌슨은 지후의 말에 고개를 끄덕이며 알았다는 의지를 보냈다.

윌슨도 오늘 자신이 지후의 발목을 잡았다는 사실을 알고 있었고 만약 자신이 적을 동정한다면 차디찬 바닥에 눕는 건 자신이라는 사실과 자신이 끝이 아니라 다음은 지수라는 사실이었다.

아직 태어나지도 않은 아이에게 자신이 아빠라고 당당하게 말하고 제대로 아빠노릇도 하고 싶은 윌슨이었기에 내일 있을 전투에 앞서 복기를 시작했다.

그리고 적들이 자신보다 결코 약하지 않다는 생각과 지후처럼 까다로운 전투방식을 취한다는 사실이었다.

제대로 잠도 안자고 윌슨은 끊임없이 생각한 끝에 새로운 기술을 머릿속으로 그릴 수 있었다.

다음날 지후는 폴에게 시준펑이 하남성에 있는 소림사에 있다는 사실을 알 수 있었다.

"소림사라니… 재미있군. 마교의 무공을 쓰는 것들이 소림사라…."

쓰는 사람도 그것이 마교의 무공인지 뭔지 잘 모르고 쓰고 있었지만 지후는 알고 있었다.

무림에서 지겹게 봤던 적들의 무공이었기에.

지후는 소림사 입구까지 적들을 학살하며 쳐 들어갔다.

지후가 워낙 빠른 속도로 적들을 죽이며 달려갔기에 윌슨은 그저 지후의 뒤를 따라갈 뿐이었다.

소림사의 입구에 도착하자 검은 무복에 검은 두건으로 얼굴을 가린 적들이 지우와 윌슨을 맞이했다.

"이곳까지 이토록 빠르게 오시다니 제법이시군요. 제 소개를 하도록 하죠. 저는…."

검은 무복의 적은 여자였다.

간드러지는 목소리가 여자라는 사실을 알리고 있었다.

"말하지 않아도 알겠어. 흑첩들이로군. 주로 술집이나 잠 지리에서 정보를 모으지. 그리고 암살에 특화된 것들이 너희 아닌가? 가장 앞에서 말을 하는 것으로 봐선 네가 1호로군."

마교에서 많이 쓰던 방식은 아니지만 쓰던 방식이지. 물론 음지에서만 활동하던 것들이지만 저렇게 드러내고 활동을 하다니. 역시 현대는 색다르군.

"이런 소개도 안 했는데 저희에 대해 아시다니 정말 대단하시군요. 어떻게 아신 거죠? 저희가 드러내고 활동을 하는 건 오늘이 처음인데."

"글쎄. 적에게 그런 걸 알려줄 정도로 멍청하진 않아서."

"그렇다면 저희가 대답하게 해드리지요."

"할 수 있다면 얼마든지. 단 죽을 각오는 하라고. 내가 남녀평등주의자라서 여자라고 봐주지 않거든."

순간 가장 앞에서 대화를 하던 흑첩의 수장은 한 가지 영상이 머릿속에 떠올랐다.

사실 지후를 만난 게 오늘이 처음이 아니었다. 처음 봤던 건 뉴욕이었다. 당시엔 흑첩이 아니었기에 외부적인 활동을 했었고 중국의 S급 헌터 중 한명이었다. 그리고 지후를 뉴욕에서 처음 봤을 때 브라질 여자 헌터의 뺨을 때리고 옷을 벗기던 영상이 머릿속에 떠올랐다.

그 영상이 머릿속에 재생되자 순간적으로 몸을 흠칫 떨었지만 지금은 적으로 마주본 상태였다.

자신이 죽이지 못한다면 죽는 거다.

그리고 상대는 이제 막 활동을 시작한 흑첩의 존재마저 알고 있었기 때문에 무조건 죽여야 하는 상대였다.

지후에게 자신들의 존재를 어떻게 알고 있는지 실토를 시킬 자신은 없었기 때문이다.

하지만 피를 토하는 혹독한 수련과정을 통해서 선발된 게 흑첩들 이었기에 뒤에 있는 자신의 부하들을 믿었다.

그동안 수련한대로만 한다면 반드시 지후를 죽일 수 있을 거라고.

1호가 쌍검을 꺼내어 역수로 쥐자 1호의 뒤에 있는 이백의 흑첩들이 일제히 검을 뽑으며 살기를 피웠다.

공격을 하려는 순간 지후의 뒤에 서있던 윌슨이 걸어 나왔다.

1호는 당황스러웠다.

영국의 왕자가 제법 강하다는 사실은 보고를 통해서 알고 있었지만 지금 상황에 나설 정도로 강하진 않았기 때문이다.

"형님. 시험해보고 싶은 기술이 있는데 해봐도 될까요?"

윌슨의 진지하고 결의에 찬 모습은 지후조차 압도되었고 지후는 그렇게 하라며 고개를 끄덕였다.

1호는 윌슨이 무서운 기세를 풍기며 걸어 나오자 보고가 잘못 된 것이 아닌가 싶었다.

"이 기술을 여인들에게 사용할 줄은 몰랐는데…. 아무래도 당신들이 여자들이어서 더욱 상성이 맞을 것 같군요. 제가 새로 개발한 필살기입니다."

"이놈! 감히 우리를 여자라고 무시해!"

"응? 나 무시한 거 아닌데. 그냥 상성 상 그렇다는 건데…."

"이 놈!"

순간 1호가 윌슨을 향해 달려들었고 그 뒤로 이백의 흑첩들이 윌슨을 향해 뛰어 올랐다.

윌슨은 정면을 바라보며 우산에 모든 기운을 모으고 있었다.

이 기술의 핵심은 섬세한 마력의 조절에 있었기에 기운의 방출에 상당한 집중을 요했다.

"오의. 겁탈!"

순간 윌슨의 우산이 정면을 향해 찔러졌고 우산이 펼쳐졌다. 펼쳐진 우산에선 광범위하게 불꽃이 퍼져나갔다.

'응? 내가 잘못 들은 거지? 겁탈이라고? 설마 이 미친 새끼가! 이젠 국제적으로 망신을 주려고! 통역아이템은 대체

왜 안하는 거야!'

◇

　광범위하게 펼쳐진 윌슨의 불꽃은 달려오던 1호와 이백의 헌터를 거센 불길 속으로 안내했다.

　타오르던 윌슨의 불길이 사라지자 모두가 당황스러웠다.

　윌슨만 제외하고.

　윌슨은 기술이 제대로 들어갔다며 매우 만족스러운 웃음을 짓고 있었다.

　"이자식! 겁탈이라니! 우리를 겁탈할 생각이란 말이냐! 그래서 우리의 옷을 다 태워버린 것이냐!"

　흑첩들은 윌슨의 기술에 의해서 모두 알몸이 되어 있었다.

　지후는 그 모습을 보며 잠시 생각에 잠겼다.

　'예쁘군. 저 정도는 돼야 잠자리 시중을 들면서 활동을 할 수 있을 테지. 적이 아니었다면…. 아니지….'

　"겁탈은 겁화의 올탈의에 줄임말인데. 너희도 여자니까 알몸으로 활동하긴 힘들겠지? 그러니 어서 돌아가라."

　'미친놈아…. 넌 그걸 왜 줄임말로….'

　지후는 뭔가 윌슨과 같이 미친놈으로 취급을 받을 것 같은 느낌에 지후는 윌슨과 약간의 거리를 두었다.

　그리고 잠깐이지만 윌슨을 바라봤을 때 지후는 흠칫 놀

랄 수밖에 없었다.

흑첩들도 윌슨을 보며 눈빛에 살기를 띠고 있었다.

"너 왜 두 번째랑 세 번째 손가락을 그렇게 움직이냐…?"

모두 윌슨의 손을 바라봤고 표정이 굳었다.

윌슨도 지후의 말과 모두가 자신을 더럽다는 표정으로 바라보자 자신의 손가락을 한참동안 바라봤다.

그제야 왜 다들 그런 표정을 짓는 지 이해할 수가 있었다.

"저 그런 게… 아닙니다. 지금 생각하시는 그런 거 아니에요! 어제 손가락에 모기가 물려서 가려워서 그런 거라고요! 모기 때문에 부어서! 움직이지 않으면 뻣뻣해져서 그런 겁니다!"

부어? 뻣뻣해져?

미친 새끼…. 지수를 두고

지후는 윌슨의 세 번째 다리를 바라봤고 이상하게도 갑옷이 볼록하게 튀어나와있었다.

"형님 이건 오햅니다! 본능이라고요!"

"시끄러워. 이 쓰레기 새끼야! 내가 너 같은 새끼한테 지수를…."

왜 항상 부끄러운 건 내 몫이지….

지후는 윌슨을 보면서 한숨을 쉬었다.

지후는 한숨을 쉬며 윌슨에게 달려드는 흑첩들을 바라봤

고 순간적으로 메두사를 본 것만 같은 기분이 들었다.

몸의 한 부분이 돌이 되어가는 느낌이 들었고 마음속으로 애국가를 부르며 정신을 다잡았다.

현경에 오른 지후의 부동심이 순간적으로 흔들리고 있었다.

이백의 여인이 실오라기 하나 걸치지 않은 몸으로 윌슨에게 달려들고 있었고 발차기를 하는 모습은 압권이었다.

순간 윌슨이 부럽다는 생각이 들 정도로.

1호는 이를 갈며 윌슨에게 달려들었다.

이 정도 치욕은 그동안 훈련으로 충분히 단련했기에 참을 수 있었다.

오히려 윌슨이 밀리며 흑첩들에게 발차기를 얻어맞고 있었다.

그런데 이상하게 아파하는 표정이 아니었다.

"윌슨! 정신 차려! 왜 맞고만 있어!"

지후는 부동심을 찾은 상태였고 윌슨이 아직 치명상은 입지 않았지만 공격을 허용하는 모습을 보며 소리를 쳤다.

"형님…. 집중이 안돼요…."

나도 집중이 힘들다…

"우리가 고작 수치심 따위에 당황할 것 같았느냐! 왕자라는 자식이 생각하는 게 참 저질스럽구나!"

흑첩들의 동작은 매우 절제되어 있었고 나체였지만 전혀 신경을 쓰지 않고 공격을 하고 있었다.

오히려 흑첩들은 이를 갈며 그동안 지옥 같았던 훈련을 떠올리며 군더더기 없는 공격으로 윌슨을 압박했다.

윌슨은 도무지 집중이 되지 않았고 흑첩들의 변화무쌍하고 변칙적인 공격을 읽을 수가 없었다.

하지만 눈앞에 펼쳐진 그림은 너무나 아름다운 풍경화였고 윌슨은 맞아서 흘리는 건지 의미를 알 수 없는 코피를 흘리며 맞으면서도 웃음을 잃지 않았다.

지후도 그 모습을 보며 설마 윌슨의 성향이 M 쪽이었나 생각이 들 정도였다.

윌슨은 그냥 대놓고 보기 시작했고 얼마 가지 않아 해법을 찾을 수 있었다.

출렁이는…. 저 흔들리는…. 가스미… 공격의 위치를 알려주고 있었다.

특히 거유들은 선명한 공격의 궤적을 그려주고 있었다.

윌슨은 공격을 읽기 시작하자 흑첩들의 공격을 어렵지 않게 방어해 냈다.

하지만 1호의 공격은 막아내기 힘들었다.

역시 흑첩들을 이끄는 수장의 공격은 매서웠지만 윌슨이 방어를 하지 못하는 이유는 따로 있었다.

윌슨은 1호의 공격을 방어하다가 순간적으로 어깨로 1호를 들이박았다.

윌슨의 어깨 공격은 1호의 가슴에 정통으로 들어갔다.

윌슨은 말랑함이 아닌 딱딱함을 느껴야 했다.

1호의 가슴은 작은 걸 떠나서 딱딱했다.

"다들 크니까 작은 것도 색다른 매력이려나? 그래도 지수는 말캉해서 귀여운데. 이 여자는 그냥 돌덩이네. 내 갑빠도 저렇게 딱딱하진 않은데. 대신 나는 다른 곳이 딱딱하지만. 물론 가슴이 있긴 있다는 게 중요하지만."

윌슨은 아무도 듣지 못하게 혼잣말로 중얼거렸지만 바로 지척에 있었던 1호는 윌슨의 말을 선명하게 들을 수 있었고 자신의 통역아이템으로 인해서 선명하게 들려왔다.

지후야 워낙 기감이 뛰어났으니 듣지 못할 리가 없었고 순간 주먹을 꽉 말아 쥐었다.

전투가 지속될수록 윌슨의 코에서는 코피가 점점 심해졌다.

윌슨은 공격을 읽기 위해 계속 집중을 하고 있었고 공격은 읽었지만 과다출혈로 인해서 점점 움직임이 둔해지고 있었다.

보다 못한 지후가 윌슨을 뒤쪽으로 밀면서 나섰다.

"윌슨…. 결국 오늘도 내 발목을 잡는구나."

"그게… 아무래도…. 여자다 보니까…."

"전장에 남녀가 어디 있어! 몬스터도 남녀차별은 안한다."

"그거야 몬스터니까."

"아니 넌 몬스터만도 못한 거야. 뒤에 가서 반성하고 있어. 오공주는 소환하지 말고."

"형님!"

윌슨은 발끈했지만 오늘도 지후의 발목을 잡았다는 생각에 고개를 숙이며 뒤로 물러났다.

"1호. 이제 슬슬 끝내야지. 여기서 너무 시간을 끌었네."

"우리를 만만하게 보고 있구나."

"너희를 만만하게 보는 게 아니야. 세상 모든 게 나한텐 만만해. 그리고 남녀평등주의자라서 너희도 똑같이 만만하게 봐주는 것뿐이야."

"이 자식! 뚫린 입이라고 잘도 짖거…."

순간 지후가 1호의 눈앞에서 사라졌고 흑첩들이 모여 있는 곳에 나타났다.

그리고 지후는 한 명 한명 일대일로 상대를 했다.

레슬링 기술로 살을 부대끼고 비비며 빠떼루 자세를 취하고 앞으로 눕히고 뒤로 매치고 관절기까지 물 흐르듯이 자연스러운 콤보의 연속이었다.

지후는 쉬지 않고 빠르게 움직이며 공격했고 흑첩들은 이상야릇한 신음소리를 내며 죽어갔다.

1호는 아무래도 흑첩들의 수장이니 지후는 특별하게 1호의 발을 걸어 넘어뜨린 뒤 1호의 위에 올라타 파운딩으로 마무리 해주었다.

윌슨은 지후를 바라보며 뭐라 형용할 수 없는 놀라움을 느꼈다.

왜 자신은 저런 생각을 하지 못했을까 생각하면서 역시 형님은 대단하다는 존경심이 마음속에 불타올랐다.

"윌슨…."

"네. 형님……."

"겹탈이란 기술…. 나랑 둘이 있을 때 말고는 쓰지 마라."

윌슨은 지후가 다시는 이 기술을 쓰지 말라고 할 줄 알고 시무룩했는데 그게 아니라는 사실에 기분이 좋았다.

자신의 기술이 처음으로 지후에게 인정받았다는 생각에 윌슨은 너무나 기분이 좋았다.

"그리고 화력 조절에 신경을 써 봐. 완전히 다 태워버리는 것 보다는 속옷은 남겨두거나 겉옷이 타서 보일 듯 말듯 하게."

"네 형님!"

기술의 발전방향까지 지후가 신경을 써주자 윌슨의 가슴은 요동쳤고 지후가 말한 방향으로 머릿속에서 기술을 시전하며 상상하자 심장이 거세게 뛰었다.

지후와 윌슨은 다시 전진했고 윌슨도 더 이상 지후의 발목을 잡지 않고 제대로 전투를 하고 있었다.

촤아악!

윌슨은 쏟아지는 검기를 우산을 펼치며 막아냈고 보법을 밟으며 빈틈을 찔러갔다.

그 모습에 지후도 안심을 하고 소림사 전역에 강기의 비를 뿌렸다.

지후가 광역공격을 퍼붓자 교인들은 당황하며 지후에게 몰려왔다.

제대로 싸워보지도 못하고 무너지는 건물들과 강기가 폭발하는 소용돌이에 휩쓸리는 교인들이 많았기 때문이다.

지후의 공격에 교인들이 추풍낙엽처럼 쓰러지자 시준핑은 화가 머리끝까지 나고 있었다.

혈환을 먹은 교인들과 인해전술로 S급 던전도 막아냈건만 이지후 한 사람을 제대로 막지 못하고 있었기 때문이다.

하지만 시준핑은 아직 희망을 잃지 않았다.

자신의 옆에 있는 디스트로이의 헌터들 때문이었다.

어느새 지후는 교인들을 물리치고 시준핑의 10m 앞까지 접근하고 있었다.

"고작 힘만 센 애송이가 여기까지 오다니 정말 대단하군."

"나를 힘만 세다고 생각하면 네가 정말 사리분별을 못하는 머저리지."

"그렇지. 내가 말실수를 했군. 이제 자네는 돈도 넘칠 정도로 많지."

"그냥 돈만 많은 게 아니지. 그냥 돈만 많은 것들이랑은 차이가 크다고. 난 돈만 많은 것들을 압도할 힘이 스스로에게 있거든. 너랑은 참 다르지?"

"직접 싸우는 건 천한 것들이나 하는 짓이지. 난 너희 같은 것들을 부리면 그만이야. 내 뒤를 봐라. 내 말 한마디면 목숨을 걸고 널 죽이겠다고 할 교인들이다."

수많은 교인들이 시준핑의 뒤에서 안광을 번뜩이고 있었다.

"그래봐야 나한텐 안 돼. 그런데 말이야. 너희는 대체 왜 나에게 시비를 건 거지? 나를 건들지 않았다면 나도 너희를 무시했을 텐데."

"세상을 모두 우리의 발아래 두어야 하니까. 그런데 넌 방해였어. 그게 이유다."

'마도천하니 중원일통이니 외치던 것들이랑 하는 짓까지 판박이군.'

"교와 나. 누가 이길까? 나는 걸어온 싸움은 마다하지 않아."

'그리고 내 인생에 패배는 없었어. 딱 한번 무승부는 있었지만. 저것들을 보니 그 녀석 생각이 나는군. 빌어먹을.'

"자네가 강한 건 인정해. 인정하지 않을 수 없는 명백한 사실이지. 싸움은 이겨야 제 맛 아니겠나? 이대로 자네와 싸운다면 필패였겠지. 그래서 모셨다네."

시준핑의 말이 끝나자 시준핑의 곁으론 외국인 남자가 나타났고 그 뒤로도 엄청난 수의 헌터들이 나타났다.

시준핑의 뒤 쪽에는 어제부터 거슬렸던 10명의 화경급 무인들이 있었고 그 옆으로는 처음 보는 외국인들이 있었다.

자신이 불렀던 디스트로이가 이곳에 온 것이었다.

그리고 지후는 그들의 정보를 읽고 참을 수 없는 분노가 치밀었다.

시준펑과 디스트로이의 장로라고 나오는 알리 하자드라는 놈이 나란히 서자 지후의 눈에는 하나의 새로운 정보가 떠올랐다.

바로 교와 디스트로이가 같은 주인을 모시고 있다는 사실이었다.

교에게도 디스트로이에게도 지후는 철저하게 농락당했다.

"시준펑! 설마 교와 디스트로이가 하나였던 것이냐?"

"하하하. 이제야 눈치를 채다니 정말 멍청하군. 몇 번이나 넌 우리의 꼬리를 잡을 뻔 했지만 가만히 있더군. 덕분에 그동안 재미있었다네."

"대체… 너희들의 뒤에 있는 배후가 누구냐! 누군데 감히 나를 가지고 장난을 쳤단 말이냐!"

"하하하. 자네가 만약 이 곳에서 살아남는다면 만날 수도 있겠지. 하지만 불가능한 일. 모두 쳐라!"

지금도 계속해서 나타나고 있었고 주변은 완벽하게 포위되어 있었다.

교와 디스트로이의 5만의 헌터가 지후와 윌슨에게 살기를 쏘아 보내고 있었다.

자그마치 5만이다.

이 아득한 숫자에 지후는 짜증이 치밀어 올랐다.

5만의 숫자를 죽여야만 한다는 생각에.

그렇지 않으면 이 전쟁을 이길 수 없으니까.

하지만 한 가지 희망도 있었다.

3분의 2가량은 꼭두각시가 아니었다.

그저 천지분간을 못하고 디스트로이와 교의 꼬임에 넘어가 그곳에 가입한 헌터들이었다.

지후는 모두가 들을 수 있도록 사자후로 대화를 시도했다.

일단 대화가 성공하면 정말 좋은 것이고 실패하더라도 사기가 꺾여서 조금은 쉬워질 테니까.

[너희들은 지금 이곳이 어떤 곳인지 알고 온 것이냐! 바로 전장이자 죽이지 않으면 죽는 곳이다.

내가 아니면 너희들. 둘 중 하나만이 살아서 돌아갈 수 있는 곳이다.

나에게 검을 겨눈 상대를 살려둘 정도로 나는 자비롭지 못하다. 날 적대하는 순간 모두 내 적이다.

난 내손에 피를 묻히는 걸 주저하지 않아. 이미 많은 피를 묻혔지. 너희들의 피를 묻힌다고 해서 크게 달라질 건 없어.

분명 이 자리에는 아무것도 모르고 그저 명령에 의해서 온 놈들도 많을 거야.

하지만 내가 해줄 말은 너희는 오늘 사형이라는 사실이다. 너희가 죄가 있어서 오늘 죽는 게 아니야. 나는 검사도 판사도 아니고, 너희에게 죄가 있는지 없는지 알 수도 없어. 다만 내 적이냐 아니냐는 내가 판단 할 수 있거든. 나와 적이 되면 죽는 거고 지금이라도 검을 내려놓고 돌아가면 사는 거야.

본인의 생사정도는 본인이 정해야 하는 것 아닌가?

남의 명령에 의해서 개죽음을 당할 텐가?

그게 아니라면 검을 버리고 돌아갈 텐가?

선택은 본인이 스스로 해라. 이제 이곳에 남아서 개죽음을 당할지 도망가서 살아갈지.

너희에게 명령을 내리는 것들이 너희를 대신해서 죽어주지도 살아주지도 않는다.

만약 남는다면 나에게 자비를 기대하지 마라.

너희의 선택을 존중해서 단 한사람도 살려주지 않을 테니.]

지후는 말을 멈추고 주변을 둘러봤다.

웅성임은 커졌지만 이탈자는 없었다.

서로 눈치만 보고 있을 뿐.

'젠장… 실패군… 그래도 동요를 하고 있으니 전투가 시작되면 도망을 가는 것들이 나올 수는 있겠어.'

"뭣들 하느냐! 저 놈의 세치 혀에 휘둘리지 말고 어서 교의 위상을 높혀라!"

시진핑의 고함에 헌터들은 칼을 뽑아 지후에게 겨눴다.

하지만 누구하나 선뜻 나서기는 두려웠는지 발걸음을 떼지 못했다.

먼저 나서면 가장 먼저 죽는다는 사실은 모두 알고 있었기에 누구하나 나서질 못하고 있었다.

"끝내 나에게 검을 겨누겠다는 건가? 좋아. 난 너희들의 그 선택을 존중한다. 모든 선택에는 책임이 따르는 법. 목숨으로 대가를 치러라!"

렛잇故~ 렛 잇 故~

지후가 섬뜩한 노래를 흥얼거렸고 윌슨은 지후의 바로 등 뒤로 바짝 붙었다.

지후의 무지막지한 강기와 심검의 폭우가 전장을 폭격했고 곳곳엔 살려달라는 비명이 들리기 시작했다.

도망을 가고 싶었지만 도망을 갈 수 없었다.

하늘에선 피할 수 없는 황금 빛 폭우가 쏟아져 내리고 있었기 때문이다.

"살려주세요!"

"제발!"

"저는 집에서 저를 기다리는 처자식이….."

"제가 돌아가지 않으면 어머니의 병원비가….."

'선택할 기회는 주었고 너희들은 선택을 했지. 이제 와서 감성팔이를 한다 한 들 너희가 내게 검을 겨눴다는 사실이 없어지진 않지.'

"웃기는군. 디스트로이 너희는 테러범들이다. 너희는 너희에게 살려달라고 애원하던 사람들을 살려 준 적이 있었나? 그리고 이젠 나또한 너희와 같은 테러리스트다! 이미 버스는 떠났고 막차는 끊겼다."

지후의 말이 멈춤과 동시에 더욱 하늘에선 거센 황금빛 폭우가 쏟아져 내렸다.

세이버 팔찌에도 어마어마한 내공이 담겨 있었기에 지후의 황금빛 폭우는 멈출 생각이 없어 보였다.

"이 악마 같은!"

"끄아악!"

렛츠 故~

지후는 계속 노래를 흥얼거리며 죽음의 비를 내렸다.

너희의 행동은 정당하고 내 행동은 악마소리를 들어야 한다는 말인가? 우습군.

물론 내 지금 행동이 테러고 빌런이라고 할 수도 있지.

그런데 사람들은 나에게 영웅이라고 하겠지. 이유는 내가 이렇게 함으로서 앞으로 살아갈 사람도 많기 때문이야.

그래도 무림과는 정말 다르네. 무림에선 아무리 죽여도 이런 취급을 받진 않았는데 말이야.

어차피 모든 인류는 시한부다.

물론 내가 막아낸다면 얘기는 달라지겠지만.

저런 것들까지 살리기 위해 죽어라 노력할 마음은 들지 않아서.

저런 것들은 미리 청소를 하고 가야지.

남겨두면 후환이거든.

저 많은 사람을 죽이면서 죄책감도 없냐고?

원래 다 처음이 힘들고 떨리고 어려운 법.

살인은 무림에서 지겹게 해봤다.

첫 키스, 첫 경험, 첫 살인.

뭐든 처음이 어렵지. 여운도 많이 남고.

하지만 두 번째는? 세 번째는?

점점 덤덤해지는 거지. 그게 인간이고.

아이러니하게도 지후는 디스트로이와 교의 인간들을 죽일수록 힘이 넘쳐났다.

소울아머로 엄청나게 많은 영혼들이 흡수되고 있었고 폭우를 쏟아내는 지후의 내공을 바로바로 회복시켰다.

어느새 학살의 시간이 끝나고 황금빛 폭우는 그쳤다.

이곳에 소림사가 있었다는 사실은 그저 역사 속으로 사라졌고 더 이상 흔적조차 찾기 힘들었다.

오직 바닥에는 육편과 신체일부들, 흘러나온 장기와 뇌수들의 핏물이 바닥을 흥건하게 적시고 있었다.

디스트로이에서 나온 알리 하자드는 시준펑과는 달랐다. 장로이지만 본인이 화경급 무인이었다.

시준핑은 지후의 무지막지한 공격에 바닥에 주저앉아 바지를 적신 채 정신을 놓고 있었다.

"너 같은 녀석이 나와 같은 장로라니 너무나 수치스럽구나."

그 모습을 본 하자드는 시준핑의 머리를 손바닥으로 붙잡더니 터뜨려 버렸다.

같은 장로라는 사실이 불쾌했기 때문이다.

이제는 지후의 폭우 속에서 살아남은 50인의 화경 무인들만이 지후와 대치를 하고 있었다.

"50인의 화경 무인이라니. 디스트로이와 교, 대단하긴 하군."

하자드는 지후에게서 자신의 보스에게서나 느꼈던 아득한 경지를 얼핏 볼 수 있었다.

"넌 우리의 경지를 뛰어 넘은 건가…?"

"혈환에 의존하는 것들이. 나에게 경지를 논한다고? 우습군. 무인이 그런 것에 의존하는 순간 무인이 아닌 게지. 그저 도구일 뿐."

"도구라…. 좋은 기분은 아니군. 하지만 그분의 도구로 쓰일 수 있다면 상관없다."

하자드는 도를 고쳐 잡았고 하자드의 뒤에 있는 무인들도 모두 무기를 고쳐 잡았다.

그리고 지후와 본격적인 전투가 시작됐다.

살을 베는 듯한 짙은 살기와 함께 붉은 검강들이 지후를 향해 빈틈없이 쏘아져 왔다.

호신강기로 한 번 막아낸 뒤 지후 또한 전력으로 쏘아져 나갔다.

지후의 압도적인 내공이 담긴 권강은 화경 무인의 권강을 단숨에 부셔버렸다.

쾅!

지후가 휘두른 황금빛 주먹과 붉은 빛의 검이 격돌했고 검을 휘두른 교인은 한손엔 부러진 검을 들고 가슴은 움푹 파인 채 황당하다는 눈빛으로 두 눈을 부릅뜬 채 절명해 있었다.

눈을 감을 틈도 없이 지후에게 일격을 허용했고 바닥에 패대기 쳐졌다.

동료의 죽음에도 아랑곳 하지 않고 바로 뒤에서 지후를 베어오는 무인의 뒤로 지후는 이형환위를 했고 그 무인은 지후의 잔상만을 베고 지후에게 복부를 관통당한 채 차디찬 흙 위로 쓰러졌다.

지후의 공격엔 일말의 자비도 없었고 사정도 두지 않았다.

오로지 상대를 죽이기 위한 공격이었다.

검을 피해 파고들어 무릎으로 얼굴을 차올리고 넘어뜨린 적의 얼굴에 천근추를 시전 해 뇌수를 터뜨려 버리며 지후는 적들의 기세를 꺾으며 잔인한 공격을 이어갔다.

윌슨은 이 잔인하고 처절한 장면들에서 눈을 돌리지 않고 모두 두 눈에 담으려 노력했다.

더 이상 지후의 발목만 잡고 있어선 안 되기에.

지후의 옆에 서기 위해선 어느 것 하나도 놓치지 않고 배워야 했기에.

지후의 주먹질이 남들이 보기에는 그냥 막 싸움이지만 한 번 한 번 주먹을 내지를 때마다 그 주먹엔 현묘함과 깨달음이 담겨있었다.

수많은 실전으로 취득한, 지후 본인만이 쓸 수 있는 투로의 권법이었으니까.

디스트로이와 교의 무인들은 속절없이 지후의 형식이 없는 주먹에 쓰러지고 있었고 지후는 무아지경에 빠진 야차같이 주먹을 내질렀다.

폭음소리가 난무하고 땅이 뒤집혔지만 멈출 기미는 없었다.

지후가 죽기 전까지는, 지후의 적들이 죽기 전까지는 멈추지 않을 싸움이었다.

어느새 하자드와 두 명의 무인만이 살아서 검을 들고 있었다.

"정말 대단하군. 주인님이 눈여겨보실만해."

"누가 누굴 눈 여겨 본다는 말이냐. 네 주인이란 놈은 정말 건방진 놈이로구나. 곧 네 놈과 지옥에서 만나게 해주마!"

콰앙!

지후의 금빛을 가득 머금은 주먹이 하자드에게 향했고 하자드의 양옆에 있던 무인들이 검강으로 지후의 권강을 막으려 했지만 검만 부러지는 피해를 보고 물러났다.

하지만 주위에 널린 게 무기였기에 빠르게 검을 주워들었다.

"주인님을 모욕하지 마라! 무능력하던 나에게 주인님은 한줄기 빛이…"

"지랄! 듣기 싫다! 그런 구질구질한 사연 따위!"

지후는 하자드의 구질구질한 사연 따위 들어줄 생각이 없었고 말을 끊으며 권강을 날렸다.

하지만 지후의 권강은 이번에도 하자드에게 향하지 못했다.

하자드의 부하가 몸을 날려 지후의 권강을 막아선 것이었다.

현경과 화경은 격이 다르다.

아무리 지후가 전력으로 내지른 권강은 아니었지만 하자드의 부하가 막을 수 있을 정도의 공격은 아니었고 하자드의 부하는 권강에 의해 전신이 으스러진 채 쓰러졌다.

바로 하자드와 남은 부하 하나가 달려들었지만 지후는 가볍게 공격을 피해낸 뒤에 심검을 생성해 하자드의 부하에게 날렸고 고슴도치 마냥 전신을 심검에 꿰뚫렸다.

남은 건 하자드 하나.

하자드는 기합을 내지르며 자신의 모든 기운을 일 검에

모았다.

무인끼리의 대결이라면 그 일 검을 받아주는 게 예의였겠지만 지후의 기준에 하자드는 무인이 아니었다.

그저 도구 일뿐.

하자드의 검강을 피한 지후는 하자드의 복부와 얼굴 등 전신을 난타했다.

일부러 한 번에 끝내지 않고 전신의 뼈를 부러뜨리며 하자드를 연체동물로 만들어 버리고 있었다.

지후의 공격을 받으며 하자드는 알 수 있었다.

지후가 자신을 인정하지 않았음을.

지후가 자신을 벌레처럼 보고 있다는 것을.

인정하긴 싫지만, 그의 옷깃이라도 스치고 싶었지만 이제는 더 이상 그럴 기운도 없었다.

하자드는 하늘을 바라보며 바닥에 대자로 누운 채로 입에서 튀어나오는 내장 부스러기와 핏물을 게워내며 떨리는 손으로 힘겹게 품안에서 한 장의 종이를 꺼내 지후에게 건넸다.

"받아라."

"이게 뭐지?"

"우리 주군이…. 계시는 곳의 좌표다. 네가 우리를 이긴다면 만나볼 자격이…. 있다고 하시더군."

"그동안 나를 시험했다는 건가? 곧 죽을 놈이 건방지군."

지후는 진심으로 심기가 좋지 않았다.

누군가 자신을 몰래 테스트했다는데 좋을 사람이 어디 있겠는가?

그리고 디스트로이와 교는 그동안 철저히 자신을 농락했다.

그랬기에 그 곳의 주인을 만난다면 바로 면상에 주먹을 한 대 때리고 대화를 시작하고 싶은 심정이었다.

"하하하. 주군을 보고나서도 네가 그런 말을 할 수 있을지 정말 궁금하군. 나는 비록 이렇게 끝이 나지만 너 또한 나와 같은 비참한 죽음을 당할 것이야."

하자드는 입안의 피를 토해내면서도 코웃음을 치며 말하고 있었다.

"너희들의 주인이 대체 누구기에 그토록 자신만만한 거지? 정말 마음에 들지 않아."

"주인님을 직접 뵌다면 너도 하늘위에 하늘이 있음을 알게 되겠지. 주인님은 신이시다. 말을 해봐야 무슨 의미가 있겠나. 직접 가서 봐라."

'신이라. 아주 사이비 종교를 만들었구나.'

지후는 더 이상의 대화는 무의미 하다는 생각에 권강으로 하자드를 내리쳤고 하자드는 뇌수를 흩뿌리며 끈 떨어진 인형마냥 축 늘어졌다.

31. 격돌! 권왕 vs 천마

지후는 폴에게 전화했고 이 좌표가 대충 어디인지 알아보도록 지시했다.

5분이 지나자 폴에게서 답변이 왔고 지후는 폴에게 몇 번이나 되물었지만 폴은 맞다는 말만 되풀이 할 뿐이었다.

"젠장. 설마 형을 납치라도 했단 말인가? 사우디가 디스트로이에게 점령당한 건가?"

지후는 바로 쪽지에 적힌 좌표로 워프를 하지는 않았다.

왠지 지후의 본능이 철저한 준비를 하고 가야한다고 말하고 있었기에 지후는 가족들이 있는 벙커로 향했다.

지후는 그곳에서 하루 동안 정신적인 휴식을 취한 뒤에 윌슨마저 떼어놓고 홀로 워프를 했다.

지후가 도착한 곳은 사우디아라비아의 왕국이었다.

지후는 마중을 나온 두 명의 디스트로이의 무인에게 안내를 받아 이 일을 계획한 흑막에게로 향했다.

점점 왕국의 깊은 곳으로 들어가자 지후는 와이즈가 무사히 있을까 하는 걱정이 떠올랐지만 팽팽한 긴장감이 흐르고 있었기에 그 생각은 뒤로 미뤘다.

목적지에 도착하자 왕좌에 앉아 있는 이 모든 일의 배후를 발견할 수 있었다.

그리고 지후는 너무 놀라서 입이 다물어지지 않았다.

계속 눈을 비비고 또 비비며 정보를 확인하고 또 확인했다.

왕좌에 앉아 있는 인물은 알 와이즈 왕자였다. 하지만 지후의 눈에는 알 와이즈의 이름 옆에 파괴자라는 글이 써져 있었다.

지후는 모든 흑막이 형이라고 불렀던 알 와이즈였다는 사실에 온몸을 부르르 떨었다.

"재미있었나?"

지후의 음성에는 짙은 살기가 깔려있었다.

지후는 이 모든 게 형이라고 부르던 와이즈의 계략이었다는 사실에 소름이 끼치고 분노가 치밀었다.

처음 자신에게 했던 접근도, 러시아도, 비행기를 보내 일본에 보냈던 것도, 중국도, 대한민국의 공작까지 모든 게 다 눈앞의 와이즈의 농간이었다.

그리고 지후는 파괴자와의 결전을 이런 식으로 치르게 됐다는 사실에 부담스러운 마음이 들었다.

"형이라고 부른 건 자네였네. 내가 시킨 게 아니었지. 물론 재미있었어. 정말 웃겼지. 너란 놈은."

지후의 머릿속엔 문득 부틴이 죽기 전 하려던 말이 떠올랐다.

'부틴이 금제로 터져 죽기 전에 말하려던 건 알려줄 수가 없다가 아니라 알 와이즈였던 건가?

"대체 왜 나를 가지고 논거지? 네가 파괴자라면 애초에 이런 짓을 하지 않아도 됐을 텐데."

"아직 눈치를 채지 못했나 보군."

"무슨 소리지?"

"잘 보게나."

순간 와이즈의 몸에서 흉폭한 기세가 흘러나왔고 지후는 그게 뭔지 느낄 수 있었다.

"서… 설마…. 천마신공….?"

"그렇지. 이제야 알아보는군. 나는 너와 함께 죽었던 천마다. 그리고 다른 세상에서 환생했지. 그런데 그 세상은 무림과 달랐어. 시시했어. 그래서 내가 스스로 파괴했지. 그리고 신을 만났다. 난 신에게 나의 갈증을 채워달라고 했지. 그 후에 파괴자가 되어 여러 차원을 파괴했지. 그런데 이상하게도 갈증이 채워지지 않았어. 그러다가 새로운 차원을 파괴하기 위해 이동을 했는데 이상한 걸 발견했지.

TV라는 걸 보는데 1인 레이드라며 영상이 방송되더라고. 그걸 보자 화면에 나오는 놈이 무림인이라는 사실을 알게 됐지. 그리고 그의 영상을 모두 찾아서 봤어. 그 후엔 그와 만남의 자리도 가질 수 있게 되었지. 그때야 내 풀리지 않는 갈증이 뭔지 정확하게 알게 됐지. 바로 권왕 이지후 너였다. 난 너에게 당한 죽음을 인정할 수 없었던 거지. 그리고 이렇게 기회가 왔고. 신이 내게 내린 선물이라고 생각한다. 그래서 너를 철저히 괴롭히기로 마음먹었지. 그래서 디스트로이와 교를 만들었다."

"그동안 모든 일의 배후가 너였다니… 허무하군."

내가 느꼈었던 동질감은…. 같은 무인이기에 느꼈던 것이었나….

그 당시의 나는 화경이었기에 저 놈을 알아볼 수 없었던 것이었고.

그런 것도 모르고 형이라고 했다니….

천마에게 형이라고 불렀다는 사실에 지후는 뼛속까지 굴욕감이 느껴졌다.

"내가 왜 디스트로이와 교까지 만들면서 너를 압박했을까? 실제로 만나본 자네는 평화에 찌들어 있었어. 그런 자네에게 복수를 한다고 내가 어떤 재미가 있었을까? 만족을 할 수 있었을까? 그래서 자네를 채찍질 했지. 나와 겨룰 수 있도록."

"가지가지도 했네."

"파괴자가 되면 오로지 살육 외에는 할 게 없거든. 그런 나에게 앞으로 다시없을 기회가 왔는데 허투루 사용할 수는 없지."

'천마…. 파괴자…. 제길….'

지후는 속으로 계속 욕을 했다.

무림에서 동귀어진으로 함께 죽었던 그 때의 기억이 떠올랐다.

하지만 지금은 더욱 강해져서 파괴자로 나타났다.

동귀어진을 한다고 해서 죽일 수 있을 거라는 생각도 들지 않았다.

그렇다고 자신이 죽는다면?

가족은…? 지구는…?

"내가 너와의 일전을 앞당기기 위해 특별히 파수꾼들을 처리했지."

"같은 편 아니었나?"

"너희들 입장에선 그렇게 보일 수도 있겠지만 내 입장에선 아니지. 그들은 나를 즐겁게 해주지 못하니까. 너만이 나를 즐겁게 해 줄 테니까. 내 이 채울 수 없는 갈증을 채워줄 테니까. 그래서 수고 좀 했지. 네 성격에 세월아 네월아 할 것 같았거든."

"남의 성격까지 그렇게 잘 알면 곤란해. 스토커도 아니고 남자는 취미가 없어서."

"자~ 파티를 시작하자. 너를 위해 준비한 것들이니 맛있게 먹고 나에게 오거라."

순간 지후의 주변으로 수만의 무인들이 나타났고 화경급
무인들도 백은 되어보였다.

"예전이나 지금이나 네놈은 비겁해. 그 버릇은 고치질
못하나 보군."

"자격을 증명해야지. 본좌와 손속을 나눌 자격을."

"지랄하고 있네. 자격은 그동안 충분히 증명했지. 그리
고 네가 나와 동귀어진을 한 순간. 너와 나는 동등해진 거
야. 너는 날 이기지 못했으니까. 우리의 승부는 무승부였으
니까."

"예나 지금이나 그 입은 참 거침이 없구나. 그래, 그래서
내가 너에게 갈증을 느꼈던 것이겠지. 나보다 한참이나 약
한 애송이에게 당한 죽음이었으니. 그래, 인정할 수가 없었
던 거야."

"나도 죽었거든? 그리고 뭐 한참 약할 것까지야. 같은 현
경이었는데."

'뭐 솔직히 같은 현경이지만 차이가 있긴 했지. 저 놈
은 현경의 끝에 머물러 있었고 난 중간정도에 머물렀으
니.'

"그런데 너 뭔가 엄청 착각하네? 네놈은 마교를 앞세워
내 힘을 다 빼놓고 싸웠잖아. 그런데 말하는 건 정정당당하
게 일대일로 싸우다가 뒈진 것처럼 말하네? 넌 내가 두려
웠던 거야. 그래서 그랬겠지. 그랬는데 죽었어. 인정하기

싫었겠지. 그런데 또 나와 싸울 생각을 하니까 바지에 지릴 것 같지? 또 뭬질까봐? 그래서 이렇게 준비를 한 거고? 이제야 알겠네. 넌 천하에 둘도 없는 쫄보야. 이 겁쟁이 새끼야. 천마라는 이름이 울겠다."

"이 이 자식! 뚫린 입이라고 함부로 짓거리는 구나! 감히 나에게…."

지후의 말에 흥분한 와이즈가 소리를 쳤고 와이즈의 기세에 바닥이 갈라지며 돌 부스러기들이 허공으로 떠오르고 있었다.

"천마 네놈은 예전보다도 겁쟁이가 됐구나. 쥐새끼처럼 숨어서 이런 모략이나 다하고, 교니 디스트로이니. 내가 아는 천마는 이 정도까지 겁쟁이는 아니었는데 조금 우습군. 아~ 아니지. 넌 원래 겁쟁이였던 거였어. 모두를 잘 속였을 뿐. 그런데 지금은 더욱 겁쟁이가 된 거고. 예전에도 마교를 앞세웠지. 뭐 그건 그래도 이해가 되. 넌 마교를 방패로 썼지만 그래도 그때는 정면 돌파였거든. 그런데 지금은…. 쯧…. 역시 실패를 맛보니 겁을 먹은 건가? 그리 좋지도 않은 머리로 교니 디스트로이니 만들어서 뒤에서 장난질을 열심히도 쳤어. 뭐 나도 좋은 머리는 아니라서 이제야 알았지만 그래도 난 너 같은 겁쟁이는 아니라서 말이야."

천마이자 파괴자인 와이즈는 눈에 핏발이 선채 지후를 노려봤다.

그리고 고민에 빠졌다.

자존심상 이곳에 있는 무인들이 지후를 공격하면 안 됐지만 본능이 공격을 시키라고 말하고 있었기 때문이다.

딱!

지후가 손가락을 튕기자 지후의 뒤로 게이트가 열렸다.

이번에 중국이 S급 던전을 처리하고 얻은 아이템이었고 지후는 그걸 세이버 팔찌의 빈 공간에 챙겨서 사용하고 있었던 것이다.

대규모 이동이 가능한 워프게이트를 연 것이었다.

시전자의 엄청난 마력을 필요로 했지만 지후는 충분한 내공이 있었다.

게이트는 3개가 열렸고 그 곳에서는 대한민국, 미국, 영국의 정예 헌터들이 나오고 있었다.

그리고 그 곳에는 지후가 잘 아는 사람들도 있었다.

지후의 가족인 아영과 소영, 그리고 윌슨과 미라클 길드를 이끌고 온 수혁과 지현, 영국의 기사단을 이끌고 온 월로드, 그리고 미국의 헌터들을 이끌고 온 헌터가 아닌 폴.

모두가 지후를 돕기 위해 모였고 지후는 사람들을 바라보며 희망을 느꼈다.

"수는 얼추 맞지? 이상하게 여기에 혼자오기는 싫더라고. 디스트로이니 교니 그동안 하는 짓이 좀 치졸했냐? 그래서 나도 아군 좀 불렀어."

천마는 그 장면을 보면서 이를 갈고 있었다.

자신의 수를 제대로 읽은 지후에게 당장이라도 날아가 주먹을 꽂아버리고 싶은 걸 간신히 참아내고 있었다.

그리고 일본에서 S급 던전을 처리하고 얻은 아이템도 지후의 손에 있었다.

세이버 팔찌의 남은 공간에 들어있었고 게이트에서 모든 헌터가 다 빠져나오자 지후는 아이템에 기운을 쏟아 부으며 외쳤다.

"눈앞의 저 놈은 디스트로이와 교라는 사이비종교 단체의 수장이다! 뿐만 아니라 몬스터들의 우두머리다. SS급 던전의 보스몬스터라고 생각하면 이해가 쉬울 것이다. 오늘 우리 모두는 목숨을 걸고 싸워야 할 것이다. 우리가 진다면 저놈은 우리의 가족을. 지구를 파괴할 것이다. 나는 이 전쟁에서 승리를 하고 싶다. 그리고 내 가족이, 너희들의 가족이, 모두가 웃으며 살았으면 좋겠다. 싸워라! 죽여라! 그리고 살아남자!"

지후의 아이템은 빛을 밝히며 모두에게 스며들었다. 그 효과는 어마어마했다. 아군의 능력치와 사기가 100% 상승이 되기 때문이다.

지후의 버프를 받은 삼국의 연합 헌터들은 소리를 지르며 디스트로이의 헌터들에게 달려들었다.

자신을 사이비 종교단체에 몬스터들의 우두머리로 깎아 내리자 더는 참을 수 없다는 듯이 천마 또한 지후에게 권강을 휘둘렀다.

콰아앙!

천마이자 파괴자인 와이즈의 주먹이 지후에게 직격했고 지후 또한 주먹으로 응수했다.

지후의 황금빛 권강과 와이즈의 검붉은 권강이 부딪히자 엄청난 충격파가 휘몰아 쳤다.

빛과 어둠의 대결이랄까?

지후의 황금빛과 와이즈의 검붉은 어둠이 몰아쳤고 어둠은 빛을 삼켰다.

지후는 이를 악물며 뒤로 밀려났다.

짐작은 하고 있었지만 역시 파괴자는 강했다.

와이즈는 고고하게 지후를 바라보며 미소를 짓고 있었다.

단 한 번의 경합이었지만 너무나 엄청난 충격파에 아군과 적을 가리지 않고 휘말렸다.

주변을 둘러본 지후는 장소를 옮기기 위해 경공을 밟았다.

와이즈는 지후가 하는 짓이 무슨 의미인지는 알지만 말리지는 않았다.

어차피 지후를 죽인 뒤에 지구에 있는 모든 생명체를 죽일 계획이기에 별로 의미는 없었다.

몇 분 먼저 죽이나 뒤에 죽이나 죽이는 건 같았기 때문이다.

지후와 와이즈는 그 어떤 방해도 없을 장소에 도착했다.

끝없이 펼쳐진 사막엔 오로지 권왕이라 불리던 지후와 천마라 불렸던 파괴자인 와이즈가 서로를 살기 가득한 눈빛으로 노려보고 있었다.

◇

"나에게 겁쟁이니 비겁하다고 하더니 네놈도 나와 별반 다르지 않군. 네 놈도 저 많은 인간들을 부른 걸 보면 나와 다를 게 무엇이란 말이냐!"

"다르지. 넌 죽이기 위해서 파괴하기 위해서 한 짓이고, 난 살기 위해서 지키기 위해서 한 거니까."

"궤변이다!"

"원래 내가 하면 로맨스고 남이 하면 불륜이거든."

사막에 엄청난 모래폭풍을 만들어 내며 둘의 격돌이 시작됐다.

서로가 있던 자리에는 이형환위의 잔상만이 남아있었다.

눈으로 쫓을 수 없는 빠른 공방에 거친 모래바람이 불었고 굉음만이 사막에 두 사람이 있다는 것을 알려왔다.

권왕과 천마가 격돌을 할 때마다 천지가 괴로움을 토하듯 요동치며 비명을 토해냈다.

지후는 그나마 소울아머 덕에 와이즈에게 크게 밀리지 않고 있었지만 소울아머의 영혼력은 빠르게 깎이고 있었다.

"더! 더욱! 나를 더 즐겁게 해봐라! 계속 해 보거라! 한 시간이든 하루든 몇 년이든 무슨 상관이란 말인가! 이토록 흥이 나는데!"

천마는 흥에 겨워 지후와의 결전을 즐기고 있었다.

그동안 느끼던 갈증이 해소되는 기분을 느끼고 있었기 때문이다.

지후 또한 무인.

천마가 흥을 느끼는 것만큼 지후도 오랜만에 느끼는 무인간의 생사결에 흠뻑 빠져들고 있었다.

둘은 어떤 기교도 절도도 규칙도 형태도 없었다.

오직 본능에 맡길 뿐.

두 사람은 그저 서로를 향해 쉬지 않고 주먹을 휘두를 뿐이었다.

콰앙! 콰아앙!

사방에서 모래폭풍이 용오름 쳤고 천지를 들썩이는 듯한 굉음이 울려 퍼졌다.

두 사람의 전투는 한 시간이 흘러 두 시간이 되었고 계속 흘러 하루가 지났다.

지치지도 않는지 둘은 태양과 달이 번갈아가며 배경을 바꾸는 것도 모른 채 계속 싸웠다.

두 사람의 격돌로 인해 지구 곳곳에서 지진이 감지될 정도였고 사우디는 지각이 바뀐다는 말이 어울릴 정도로 파괴되고 있었다.

지후의 심검과 강기가 여전히 와이즈를 노렸고 와이즈의 강기들도 지후를 노렸다.

　강기의 폭발은 하루 종일 이루어 졌고 계속된 폭죽놀이에 세상은 놀라움을 금치 못했다.

　지후와 와이즈는 격돌을 하면서도 내심 다른 곳의 전투에 신경을 쓰고 있었다.

　서로의 세력 간의 전투였기에 약간의 자존심이 걸린 싸움이었다고 해야 했다.

　순간 와이즈는 인상을 찡그렸고 지후는 입가를 씰룩였다.

　"아무래도 내가 이긴 것 같은데?"

　"전투에 이겼다고 전쟁에 이기는 건 아니지."

　"그런데 보아하니 내가 너만 이긴다면 전투도 전쟁도 내가 이기는 것 같은데. 이번에는 우리도 제대로 승부를 봐야겠지. 무승부가 아니라 너의 패배로!"

　소울 아머의 영혼력은 어느덧 바닥을 드러냈고 지후의 상태는 결코 좋아 보이지 않았지만 아군의 승리에 지후는 기분 좋은 미소를 지으며 다시 기운을 냈다.

　미국, 영국, 대한민국에 의해서 와이즈의 정체가 밝혀졌고 디스트로이와 교라는 단체가 사실은 지구를 침략한 몬스터와 같은 편이라는 사실에 세계는 경악을 금치 못했다.

지후를 욕하던 여론은 사라졌고 지후를 욕하던 무지를 탓했지만 이미 늦은 상태였다.

지후가 패배하면 지구는 끝이라는 사실이 방송을 통해 직설적으로 전해졌고 사람들은 지후가 이기길 기도했지만 불안감도 들었다.

인간이라는 게 원래 간사한 동물이 아니겠는가?

지후가 진다면 모든 게 끝이거늘 만약 지후가 이긴다면 어떻게 뒷감당을 해야 하나 생각을 하는 사람들도 있었다.

24시간을 싸워도 승패는 갈리지 않았고 화면에는 오로지 뿌연 모래바람과 둘이 여전히 격돌을 하고 있다는 격돌의 소리만이 매섭게 들렸다.

디스트로이의 무인들과 삼국연합의 전쟁은 많은 희생이 있었지만 삼국연합의 승리로 끝났다.

미국과 영국은 이번 전쟁에 각각 신무기를 투입했다.

미군은 마치 영화에서 보던 강철맨의 슈트 같은 것을 입은 군인들을 투입했고 그들은 소형화한 레일건을 무인들에게 쏘아냈다.

그리고 영국은 총기류를 마정석과 결합시킨 소총을 가지고 왔다.

총알은 금속이 아닌 몬스터의 뼈로 이루어져 있었고 마정석의 기운을 머금은 몬스터의 뼈들은 무인들의 방어를 손쉽게 찢어 발겼다.

미국과 영국의 도움과 미라클 길드와 아영, 소영, 윌슨이 마지막이란 생각으로 처절한 기합을 내뱉으며 미래를 위한 일 검을 계속 날렸고 12시간 만에 전투는 끝이 났다.

적들의 화경무인은 백이나 됐지만 그들은 지후만큼 경험이 많거나 능숙한 게 아니었고 혈환으로 뻥튀기된 반푼이들일 뿐이었다. 그들은 압도적인 숫자로 밀어 붙이는 삼국연합을 당해내지 못하고 허무하게 죽어갔다.

전투가 끝나자 모두 밖으로 나갔고 몇몇은 헬기에 또 다른 사람들은 길거리에 있는 자동차에 올라탔다.

도둑질이었지만 누구도 그걸 생각하지 못했다.

그저 폭음이 울리는 곳으로 가야 한다는 생각뿐이었다.

그렇게 힘들게 도착한 삼국연합의 헌터들은 울려 퍼지는 엄청난 소리와 충격파에 전장에서 20km가 떨어진 곳에서 멈출 수밖에 없었다.

조금이라도 가까이서 보고 싶었지만 역사에 남을 이 전투를 두 눈에 담고 싶었지만 모래폭풍으로 인해 시야가 가려져 앞조차 제대로 보기가 힘들었다.

모두 멈췄지만 지후의 최측근이자 가족들은 다른 헌터들처럼 이곳에 멈출 수 없었다.

아영과 소영은 혹시라도 이게 그와의 마지막이라면 그 순간을 함께 해야 한다는 생각이었고 다른 사람들은 자신들의 목숨을 던져서라도 지후만은 살려야 한다는 생각이었다.

그렇게 아영과 소영, 윌슨, 윌로드, 수혁, 지현은 모래 폭풍을 뚫고 지후가 있는 곳으로 나아갔다.

폴은 가고 싶었지만 일반인이었기에 이 폭풍을 뚫고 서 있을 방법이 없었기에 눈물을 머금고 모두에게 꼭 돌아와 달라는 말을 전했다.

격돌의 굉음은 점점 커져서 현장과 가까워지고 있다는 사실을 알렸고 가까워질수록 몰려드는 모래폭풍의 압박은 거세져만 갔다.

눈을 뜨기조차 몸을 가누고 서있기조차 힘들었지만 모두 지후를 쫓았다.

모래폭풍 속에서는 뇌전이 번쩍였고 그 뇌전을 눈으로 쫓으면 그곳엔 타고 있는 지후의 잔상이 보였다.

그게 지후의 잔상이라는 사실에 안도했지만 너무 엄청난 전투에 모두 이 싸늘한 모래폭풍 속에서 전신이 젖어가는 것을 느꼈다.

쾅!

콰아앙!

"이게 사람의 힘이라고?"

"지후씨는 인간을 초월한 걸까요?"

호각이라고 생각할 수 있는 전투였지만 모두의 눈에 지후의 모습이 제대로 들어오고 있었다.

와이즈의 모습은 그저 옷이 약간 찢긴 정도였지만 지후의 모습은 만신창이였다.

지후의 소울아머는 군데군데 갑옷의 기능을 상실한 모습이었고 곳곳에 지후의 핏물이 보였다.

"으아악!"

지후는 기합소리와 함께 와이즈에게 주먹을 휘둘렀지만 와이즈는 지후의 주먹을 가볍게 피했다.

시간이 흐를수록 둘의 격차가 심해지고 있었다.

아니 애초에 파괴자인 와이즈와 지후의 실력차이는 분명했다.

와이즈는 현경을 뛰어넘었기에.

다만 그걸 소울아머가 조금이나마 보조해주고 있었지만 영혼력이 떨어진 지금의 소울아머는 도움이 되지 못했다.

하루 동안 이어진 전투는 지후가 세이버 팔찌에 있는 내공을 모두 꺼내 쓰고도 부족했고 이제는 전신에 있는 내공이 거의 마르고 있었다.

와이즈는 지후의 주먹을 가볍게 피한 뒤 지후의 얼굴을 내리 쳤다.

그 후 바로 주먹으로 올려 친 뒤에 손을 뻗어 지후의 투구를 잡은 뒤 무릎으로 찍어 버렸다.

콰직!

지후의 투구가 산산조각이 나서 허공으로 비산했다.

하지만 와이즈의 주먹은 멈추지 않고 지후의 소울아머를 계속 두들겼다.

지후를 해체라도 하겠다는 듯이 와이즈는 지후의 소울아머를 하나하나 뜯어내며 전신을 구타하고 있었다.

쓰러진 지후를 밟고 또 짓밟으며 유린했다.

"끄아악!"

지후는 발버둥을 치며 고통에 신음했다.

지후의 저런 모습은 다들 처음 보는 모습이었기에 그 충격은 엄청났다.

하지만 비명을 지르면서도 지후는 계속 주먹을 휘둘렀다.

하지만 힘을 잃은 지후의 주먹은 와이즈에게 간지러운 느낌조차 주지 못했다.

지독했다.

아니 처절했다.

그게 지후의 전투를 보는 모두의 감상평이었다.

와이즈는 지후의 머리채를 잡은 채 모래 속에서 끄집어내고 있었다.

이미 소울아머는 해제가 된 상태였고 전신은 피에 물들어 있었다.

지후의 얼굴은 형태를 알아보기 힘들 정도로 부어있었다.

와이즈는 더 이상은 시간낭비라는 듯이 지후를 패대기쳤다.

"재미있었다. 덕분에 채울 수 없던 이 갈증이 해소된 것 같군. 매우 기분이 좋아. 특별히 이 지구는 단숨에 끝내주지.

하하하하!"

와이즈는 마지막 말을 지후에게 남기며 지후의 마지막을 장식할 검붉은 권강을 오른손에 뿜어내고 있었다.

"안 돼!"

순간 눈물과 콧물로 뒤범벅이 되어 있는 소영이 지후의 앞으로 포개지며 지후를 감싸 안았다.

지후는 자신을 안은 게 누구인지 알 수 있었다.

찰나의 순간 주변이 보였고 아영의 양팔을 붙들고 있는 윌슨과 윌로드, 지현을 붙들고 있는 수혁까지.

그 곳에 없는 사람은 소영뿐이었다.

소영은 기뻤다.

지후를 대신해서 죽을 수 있다는 생각에.

자신이 조금 더 먼저 가서 지후를 기다릴 수 있다는 생각에.

"오빠랑 결혼할 때 다짐 했어. 오빠를 위해 살고 오빠를 위해 죽겠다고. 이제 오빠 위해 살지는 못하지만 오빠를 위해 죽을 수는 있을 것 같아."

순간 지후의 머릿속에 소영의 생각이 들어왔고 지후는 경악했다.

"안 돼! 그 얼굴로 내 앞에서 두 번 죽지 마라. 널 지키겠다고 다짐한 내가 뭐가 되냔 말이냐!"

와이즈는 잠깐 벌레가 난입을 했지만 함께 죽이면 된다는 생각으로 주먹을 멈추지 않았다.

그 순간 지후가 있는 곳에서 황금빛이 폭사되었고 엄청
난 폭음이 들렸다.

흙먼지가 걷히자 와이즈는 빈정이 상한 듯한 표정을 짓
고 있었다.

지후와 소영은 꼭 끌어안은 모습으로 두 눈을 감고 있었
다.

뭔가 이상하다는 생각에 두 사람은 눈을 떴고 잠시 서로
를 바라보다가 앞을 바라봤다.

그 앞에는 황금빛 거신이 지후와 소영을 대신해 와이즈
의 권강을 막아 선채로 있었다.

"따깔아!"

"주인님의 허락 없이… 나와서… 죄송합니다…."

따까리의 모습은 처참했다.

단 한번이었지만 지후를 죽이려고 뿜어낸 천마의 권강이
었다.

그걸 정면으로 받아냈으니 소멸을 하지 않은 게 기적이
었다.

지후는 잊고 있었다.

자신이 따까리라고 이름을 지어준 골렘을….

따까리는 자신의 볼일을 끝냈다는 듯이 다시 지후의 팔
찌로 사라졌다.

소영도 따까리도….

자신을 지키기 위해 목숨을 걸었다.

저 곳에 보이는 가족들도.

두 번 다시 잃지 않겠다고, 지켜준다고 했던 약속을 또 지키지 못할 뻔했다는 사실에 자괴감이 들었다.

스스로의 약함이 처음으로 너무나 원망스러웠다.

그리고 누군가를 지키는 건 그 어떤 것보다 어렵고 힘든 것임을 깨달았다.

지키고 싶다.

저들과 미래를 그리고 싶다.

저들을 지킬 힘이 필요하다.

지후의 몸이 허공에 떠오르며 전신으로 황금빛이 충만하게 폭사되었고 그 모습을 보며 모두 눈을 질끈 감았다.

너무 눈이 부셔서 바라볼 수가 없었기 때문이다.

반면 와이즈는 저게 뭘 뜻하는지 알고 있었기에 이를 악물고 주먹을 파르르 떨고 있었다.

◆

그래 부족하면 빌리면 될 것을.

나는 왜 내가 가진 게 전부라고 생각했던 거지?

비우면 채우면 그만인 것을.

아이템에 의존하느라 놓치고 있었구나.

어차피 나또한 자연의 일부.

그동안 난 나를 뭐라고 생각했던 거지.

세상 모든 건 기를 품고 있지.

이 자연에서 빌려오면 될 것을.

순간 지후의 심상엔 드넓은 벌판이 펼쳐졌고 그 안에 누워있는 자신의 모습이 보였다.

그리고 자연의 따스함과 포근함이 온몸으로 충만하게 느껴졌다.

그 황홀한 기분에 지후는 연신 신음소리를 내며 취해있었다.

"아~ 난 그저 이 자연의 일부였구나…"

수많은 사람들이 달려와 웃으며 인사를 나눴다.

그들은 웃으며 손을 흔들고 있었다.

지후는 그들을 바라보며 다시 한 번 다짐했다.

'지켜줄게 꼭.'

향긋한 풀냄새와 산뜻한 바람이 지후를 간질거렸고 사람들을 뒤로한 채 지후는 심상 속에서 서서히 걸어 나오고 있었다.

지후가 심상 속에서 걸어 나오자 자연은 지후의 귓가에 속삭이고 있었다.

그저 살아 숨쉬기에 사는 게 아니다.

지킬 것이 있기에 이룰 것이 있기에

뚜렷한 목적과 의지가 있기에 살아가는 것이다.

지키고 싶다면, 이룰 것이 있다면, 부족하다면 얼마든지 빌려가거라.

우리의 의지를 들을 수 있는 자여.

와이즈는 초조했다.

지후의 깨달음이. 저 깨달음을 막아야 한다고 본능이 경고했다.

당장 죽이라고! 깨어난다면 어떤 상황이 올지 알 수 없다고.

무인이라면 해서는 안 될 짓을 와이즈는 실행에 옮겼다.

바로 깨달음을 방해하기 위해 지후에게 권강을 휘둘렀다.

쾅아앙~!

공격을 한 것은 와이즈였지만 와이즈는 울컥 핏물을 토하고 있었다.

지후의 반탄강기에 의해서 와이즈의 공격은 본인에게 돌아갔다.

서서히 허공에 떠있던 지후에게서 황금빛이 사라졌고 지후는 사뿐히 땅으로 내려왔다.

그리고 모두를 바라보며 지후는 웃음을 짓고 있었다.

지후의 눈빛은 모두를 바라보며 이야기 하고 있었다.

지켜주겠다고 미래를 열어주겠다고.

지후와 눈을 마주 친 모두는 더 이상 지후가 질 것 같다는 생각도 세상이 멸망한다는 생각도 들지 않았다.

현경이 끝이라고 생각하던 지후에게 진짜로 그 위의 경지가 있다는 사실과 자신이 그 위의 경지에 올랐다는 그 희열은 말로 표현할 수가 없었다.

'이게 생사경! 자연이 나고 내가 자연이다. 내공은 그저 육체를 거들 뿐. 자연과 소통을 하기 위한 도구였을 뿐. 필요하면 널린 게 기운이었다니.'

세상이 모두 자신의 내공이 된 것 같은 기분을 느끼고 있는 지후는 지금 자신이 자연이고 자연이 자신이라는 사실을 뼈저리게 느낄 수 있었다.

지후는 모래위에 발자국하나를 남기지 않으며 가벼운 걸음으로 와이즈에게 걸어갔다.

"역시 넌 겁쟁이에 비겁한 새끼였어. 날 널 더 이상 무인으로 보지 않겠다."

와이즈는 자신이 방금 한 짓이 있기에 이를 악물고 그저 바라볼 수밖에 없었다.

아무리 적이라도 깨달음을 방해하는 것은 무인이 할 짓이 아니었다.

둘은 바로 서로를 향해 주먹을 휘둘렀다.

'너는 변했군.'

'너도 변했어.'

두 사람은 주먹과 눈빛으로 대답을 주고받았다.

"하지만! 변했지만 변하지 않은 것도 있지."

두 사람은 약속이라도 한 듯이 동시에 똑같은 말을 했다.

"바로 천마 너를 죽여야 한다는 생각!"

"바로 권왕 너를 죽여 내 갈증을 풀어야 한다는 생각!"

"이번에도 동귀어진이라도 할 테냐!?"

와이즈는 조소를 지으며 지후를 비웃었다.

"천만에 난 네 말대로 변했어. 그런 개죽음은 한번이면 족해. 어떻게든 발버둥쳐서 살아볼 생각이거든. 지난 번 내 힘의 원천은 복수와 분노였지만 지금은 좀 다르거든. 지키고 싶은 마음이랄까."

"궤변이로군. 내가 모를 것 같으냐? 너 또한 많은 사람을 죽였다! 지키고 싶다는 놈이 마음에 들지 않는다고 참 많이도 죽였어."

"원래 변덕이라는 게 죽 끓듯이 하는 법이거든. 그리고 이 세상 모두를 지키고 싶은 건 아니거든!"

콰앙!

둘의 주먹이 서로를 향해 매섭게 쏘아졌고 처음 지후와 와이즈가 격돌을 했을 때와 상황이 반대가 되었다.

이번에는 빛이 어둠을 이겼다.

지후의 황금빛 권강이 와이즈의 검붉은 권강을 집어 삼켜버렸다.

와이즈는 지후의 일 권에 모래 속에 파묻히는 굴욕을 당했다.

와이즈는 분하다는 듯이 바로 모래를 헤치고 지후의 앞에 섰다.

"네가 만든 것들. 그놈들이 반푼이인 이유가 있었어. 너도 반푼이었어. 주인이 반푼이니 부하들도 반푼이였던 거지."

"그게 무슨 소리냐!"

"넌 현경을 넘어선 게 아니었어. 그저 현경의 끝자락과 생사경의 초입에 발을 걸치고 있었을 뿐."

"뭐 뭐라고? 내가 현경을 넘어선 것이 아니라고!"

"왜냐면 난 생사경에 올랐거든. 덕분에 말이야. 생사경에 오르고 보니까 네 놈은 생사경에 오르지 못했다는 사실을 알 수 있더군. 네놈은 그저 흉내만 낼 뿐. 진정한 생사경이 어떤 건지 모른다!"

"우, 웃기지 마라!"

"이게 진짜 생사경이라는 거다!"

지후는 순간 와이즈를 향해 기운을 폭사시켰고 와이즈는 전신에 느껴지는 압박감에 몸을 지탱하기가 힘들었다.

세상 모든 것이 자신을 압박하고 핍박하는 느낌에 와이즈는 전신으로 땀을 쏟아내며 간신히 버티고 있었다.

더는 버틸 수 없었던 와이즈는 전신의 기운을 폭사하며 지후를 향해 전력으로 내달렸다.

지후는 전혀 당황하지 않은 채 와이즈의 권격을 피하며 와이즈의 옆구리를 강타했다.

콰직!

와이즈의 갈비뼈가 부러지는 소리와 함께 지후는 재차 주먹을 휘둘렀다.

와이즈는 다급하게 양손을 엑스자로 교차하며 지후의 주먹을 막았지만 섬뜩한 파육음과 함께 와이즈의 양팔이 부러지고 말았다.

콰지직!

와이즈는 덜렁거리는 양팔에 내공을 불어넣고 있었지만 침투한 지후의 기운과 와이즈의 기운은 상극이었기에 치료가 쉽지 않았다.

바로 와이즈는 지후의 얼굴을 향해 발을 치켜들고는 내리 찍었지만 지후는 와이즈의 발뒤꿈치를 향해 주먹을 올려치며 응수했다.

"끄아악!"

와이즈의 발뒤꿈치는 아작 나며 내부는 가루가 되어 버렸고 지후의 주먹에 의해서 마치 백덤블링을 하듯 허공을 몇 바퀴 돌다가 모래에 처박혔다.

천마는 천마였다.

양팔과 한쪽다리를 못 쓰는 상황에도 일어나서 비틀거리며 지후에게 달려왔다.

그리고 이미 부러진 양팔을 내공으로 억지로 고정하며 계속 공격을 가했다.

비틀거리면서도 천마신공을 끌어올리며 달려들었고 지후도 천왕신공을 끌어올리며 받아쳤다.

콰앙!

와이즈는 지후와 격돌할 때마다 각혈을 하면서도 멈추지 않았다.

아니 멈출 수 없었다.

살아있는 매 순간 전투만을 하고 살았기에 그것 말고는 할 줄 아는 게 없었으니까.

와이즈가 아무리 주먹을 휘둘러도 지후에게 닿지 않았다.

상황은 아까와 정반대가 되어 있었고 지후는 격이 다름을 제대로 보여주며 와이즈에게 공격을 퍼부었다.

결국 와이즈의 전신의 뼈가 박살나고 내부에 스며든 지후의 기운으로 인해 회복이 불가능 해지자 와이즈는 체념하며 사막에 몸을 뉘였다.

천마는 죽음을 겪어봤기에 알 수 있었다.

죽음이 자신의 지척까지 왔음을

자신의 몸에서 죽음의 냄새가 흘러나오고 있었다.

반면 지후에게선 죽음과는 반대되는 청아하고 밝은 기운이 흘러 나왔다.

삶에 대한 열망의 향기가 터져 나왔고 그 의지는 와이즈에게 죽음을 선고하고 있었다.

"크크큭. 푸하하하하하"

와이즈는 속이 후련하다는 듯이 시원하게 웃고 있었다.

그리고 자신의 갈증이 무엇이었는지 정확하게 알 수 있었다.

본인 스스로는 알고 있었을 수도 있지만 인정하지 못했기에 더욱 갈증이 심했었다.

무림에서 동귀어진으로 죽었을 때 자신은 지후의 힘을

빼놓고 싸우고도 이기지 못했었다.

정정당당한 대결이 아님에도 이기지 못했기에 그랬기에 그 갈증이 심했던 것이다.

이번 대결도 과정이 정정당당하지는 않았지만 지후와 일대일로 제대로 붙은 건 사실이었기에 그동안 마음속에 버리지 못했던 한이 풀린 듯이 홀가분한 기분이었다.

제대로 싸우고 제대로 패했다.

그랬기에 패했지만 속은 후련했고 더 이상 갈증도 없었다.

"나의 갈증을 해소해 주었으니 나도 한 가지 알려주지. 이제 일주일 뒤면 지구에 있는 모든 던전이 터진다."

파괴자가 끝일 거라고 생각은 하지 않았지만 지후는 대체 이 전쟁의 끝이 언제일지 짜증이 났다.

"전쟁은 이제 시작이야. 그동안은 너희들 말로 하면 튜토리얼이었을 뿐. 진짜 전쟁은 지금부터지. 물론 오프닝은 어렵지 않을 거야. 단 그 오프닝에서 최대한 많이 살려라."

"왜지?"

"그거야 본격적인 전쟁에 임하기 전 신을 만나면 알게 될 터. 더 이상 네놈과 대화는 사절이야. 이제 그만 나를 쉬게 해줘라. 이정도면 서로간의 볼일은 끝난 것 같은데."

지후는 고개를 끄덕인 뒤에 길었던 천마와의 전투의 마침표를 찍었다.

천마라는 전생과 현생에서의 호적수에 대한 예의를 다하듯 지후의 오른 주먹에는 황금빛이 찬란하게 빛났고 지후는 천마를 향해 망설임 없이 그 주먹을 내리 꽂았다.

콰아아앙~!

마치 핵이 터진 것처럼 사막 전체가 들썩였다.

그리고 엄청난 충격파와 함께 모래가 마치 파도처럼 요동 쳤고 해일이라도 일어난 듯이 엄청난 높이로 모래들이 솟아오르더니 주변을 휩쓸었다.

천마의 죽음을 슬퍼하듯 땅은 소리쳐 울부짖었고 그 지진의 여파는 중동을 강타했다.

지후가 허공에 손을 휘젓자 주변의 모래폭풍은 사라졌고 지후는 모래에 파묻혀 있는 여섯 사람을 허공섭물로 건져 냈다.

여섯 사람은 입안에서 모래를 토해내며 켁켁 거리고 있었고 가장 먼저 지후에게 달려오는 것은 윌슨이었다.

윌슨은 지후를 보며 눈물을 글썽이며 뛰어오며 양팔을 벌렸지만 지후는 윌슨이 벌린 양팔을 보자 안아주고 싶은 생각이 전혀 들지 않았다.

지후는 손가락으로 윌슨의 이마를 막은 채 몸을 뒤로 쭉 빼고 있었다.

묘한 모양새였지만 지후도 어쩔 수가 없었다.

윌슨은 그 상태에서도 계속 지후를 안으려고 손을 휘젓고 있었지만 지후는 위빙을 하면서 피해내고 있었다.

"형 왜 그래요?! 저 좀 따뜻하게 맞아주면 안돼요?"

"여기 사막이라 워낙 따뜻해서."

"아 진짜! 나는 걱정 되서 죽는 줄 알았는데."

"야 죽어도 내가 죽는 거지. 그리고 네가 죽었냐! 지금 아무리 봐도 멀쩡한데? 사람이 걱정을 한다고 죽지는 않아."

"진짜 형님은 무슨 말을 그렇게 해요. 지금 분위기가 한참 감동을 나누는 분위기잖아요. 봐요. 다들 눈물 한바가지 흘리고 있는 거."

응? 다들 모래만 토하고 있는데?

"그런데 너는 겨드랑이만 너무 감동을 많이 받은 것 같다. 겨드랑이로 오열했냐?"

월슨은 순간 자신의 겨드랑이를 봤고 흥건히 젖어 있는 모습이 두 눈에 들어왔다.

"아 형님! 이게 중요한 게 아니죠. 자 빨리 안겨요! 이 감동은 나눠야 되요!"

"가까이 오지 마라. 불쾌하니까."

월슨은 아랑곳 하지 않고 지후에게 달려왔고 지후는 진심으로 정색했다.

"알았으니까, 네 마음 잘 알겠으니까 이제 형 똥꼬 그만 빨아라. 헐겠다."

"에이 형님. 그냥 빨리 한 번 안아줘요. 진짜 이게 우리 형님 맞나 확인 좀 해보게."

변태냐? 네가 왜 날 안아보고 확인을 해!

"한번 말하면 좀 들어 새끼야! 네 우산으로 네 똥꼬에 꽂아줄까? 그리고 한번 펼쳐볼까?"

순간 자신의 무기로 지후가 드래곤에게 했던 짓이 떠올라 윌슨의 겨드랑이는 더욱 오열 했다.

윌슨이 지후에게서 한걸음 물러서자 아영과 소영이 윌슨을 밀치며 지후의 품으로 안겨왔다.

지후는 피하지 않고 양팔을 벌려 기쁜 마음으로 두 사람을 안아주었다.

'약속 지켰어.'

지후 혼자 마음속으로 했던 약속이었지만 모두를 지켰다는 사실과 두 사람에게서 느껴지는 따뜻한 체온을 다시 느낄 수 있다는 사실에 눈물이 나올 것만 같았다. 지후는 앞으로도 둘의 미소를 계속 볼 수 있다는 사실이 너무나 좋아 입가에 미소가 떠나지 않았다.

"지후씨. 걱정했어요."

"걱정하지 마. 남편에 대한 믿음이 너무 없는 거 아니야? 나 이제 파괴자도 물리친 남자야."

"믿을게요. 아니 믿어요."

아영은 볼이 발그레해진 상태로 더욱 지후의 품에 깊이 안겨왔다.

"오빠…."

"넌 제발 나대신 죽겠다고 뛰어들지 좀 마. 벌써 두 번째 거 알지? 다시는 그러지마. 내가 널 위해 살고 널 위해 죽을 테니까."

"싫어요. 오빠가 없으면 저도 죽어요."

"그럼 같이 살자. 행복하게."

"네. 헤헤."

소영은 눈물을 흘리며 지후의 품에 안겨왔고 지후의 가슴팍에 눈물콧물을 닦았다.

'계속 지켜줄게.'

속으로 혼잣말을 하며 지후는 두 사람을 더욱 세게 껴안았다.

〈5권에 계속〉